冥府の剣

死神幻十郎

黒崎裕一郎

Kurosaki Yuichiro

文芸社文庫

目次

第一章　刑場の露

1

かすかな物音で目が覚めた。

神山《かみやま》源十郎は畳に仰臥《ぎょうが》したまま、闇に目をこらし、四辺に耳をすませた。

ヒュルヒュル……。草笛のような音が聞こえてくる。

風の音であった。

一刻（二時間）ほど前に石町の四ツの鐘を間遠に聞いた。おそらく時刻は三更、子《ね》の刻（午前零時）あたりだろう。同房の囚人たちは高いびきをかいて、泥のように眠りこけている。

源十郎は、むっくり起きあがって板壁にもたれ、獄房の高窓にうつろな目をやった。

鋭く研ぎすまされた大鎌のような下弦の月に黒雲がかかり、湿った風が雨の気配を運んでくる。

源十郎はふたたび畳に躰を横たえた。獄舎の屋根を叩く雨つぶの音がひびいた。裏鞘（通路）の牢格子の間から、生あたたかい風が忍び込んでくる。

なかなか寝つかれなかった。

寝返りをうつたびに意識がますます覚醒する。今夜にかぎったことではなかった。小伝馬町《こでんまちょう》牢屋敷の揚屋《あがりや》に収監されて四夜目になるが、その間、源十郎はほとんど眠っていない。夢とうつつのはざまを小舟にゆられるように往きつもどりつしていた。

二日目までは糸玉がもつれたように思考が混乱し、自分がなぜ牢にいるのかさえ判然とせず、悶々としながら夜を明かした。

三日目になって、ようやくおのれの置かれた状況が冷静に理解できるようになった。五日前のあの事件の一部始終が毛ほどの齟齬《そご》もなく正確に、そして鮮烈に脳裏によみがえってくる。同時に、あのときの驚きや憤怒、無念、口惜しさが火に油をそそぐように激烈に胸を突きあげてくる。思考が冴えれば冴えるほど、逆に感情が激してきて、また眠れなくなる。

――なぜだ？

源十郎は、また同じ言葉を胸のなかでつぶやいた。

事件が起きたのは五日前の夕刻だった。

その日、神山源十郎は市中見回りをおえて、七ツ半（午後五時）ごろ数寄屋橋の南町奉行所にもどり、書類の整理や簡単な事務手つづきをすませて、帰途についた。

町奉行所定町回り同心は、八丁堀の組屋敷に住んでいる。家そのものは小ぢんまりとした小屋敷だが、拝領地は意外にひろく、百坪ほどある。

楓川にかかる新場橋をわたり、細川越中守の屋敷の南側築地塀《ついじべい》にそって真東に歩をすすめると、鍛冶町《かじちょう》通りにでる。通りといっても道幅二間たらずの小路だが、この小路の両側に南北両町奉行所の同心組屋敷が櫛比《しっぴ》していた。源十郎の家は鍛冶町通りの東はずれ、地蔵橋のちかくにあった。

町方同心の俸禄は三十俵二人扶持、身分は一代抱えの御家人なのだが、よほどの失態がないかぎり、一年ごとに上役与力から勤めの継続を申しわたされ、親が退隠すれば世襲的にその子へと同心株が引き継がれるのが通例であった。

神山家も三河以来の直参で、源十郎の代で九代目をかぞえた。鍛冶町筋では名門といえる家柄であり、源十郎も幼いころから、心のどこかでそれを矜持として生きてきた。

源十郎が五歳のときに母親が病没、以来父・源之助の男手ひとつで育てられてきたが、その父も四年前に腎の臓をわずらって他界し、ひとり息子の源十郎が神山家の家督と同心株をついだ。

南町の名同心とうたわれた父・源之助の血を受けついだせいか、一年もたたぬうちに源十郎はめきめきと頭角をあらわし、二年後には見習い同心から一足飛びに定町廻り同心に昇格した。

その年の秋、母親の遠縁にあたる小普請組・剣持清左衛門のすすめにより、おなじ小普請組・高沢伊兵衛の三女・織絵《おりえ》を妻《めと》に娶った。源十郎、二十五歳のときである。織絵は十八だった。器量は十人並みだったが、色白のぽっちゃりした愛らしい娘で、年齢よりは二つ三つ若く見えた。

夫婦になって今年で足かけ二年。二十歳《はたち》になった織絵は頬がほっそりして、大人の女の面差しになった。顔全体がいくぶん小さくなったせいか目鼻立ちがきわだつようになり、たまに薄化粧をほどこしたりすると、ハッと息をのむほど艶っぽい女に変貌した。

――いい女になった。

そう思うのは、あながち源十郎のひいき目だけではない。

「織絵どの、ちかごろ色っぽくなったな」

そういって冷やかす朋輩もいる。自分の妻が、ほかの男にそういう目で見られるのは決して愉快なことではなかった。

――どうせ心の底で卑猥な妄想をめぐらせているにちがいない。

と思いながらも源十郎は内心、悪い気がしなかった。妻の織絵に女としての色香がそなわったことが何より嬉しかったし、それが心ひそかな自慢でもあった。朋輩たちの冷やかし半分の言葉も、源十郎の耳にはむしろ羨望の声に聞こえた。

祝言をあげ、初夜を迎えたときの織絵は、緊張と羞恥のために躰が硬直し、源十郎の愛撫にもまったく反応を示さなかった。男を知らぬ織絵の肉体《からだ》は香りも潤いもなく、青い果実のように味気のないものだった。

それが二年たったいま、おどろくほど変わった。乳房が豊かにふくらみ、腰がくびれ、尻から太腿にかけてむっちりと肉がつき、躰全体から成熟した女の芳香を発するようになった。

変わったのは肉体だけではなかった。夫婦の交わりに異常なほど羞恥心をいだいていた織絵が、いつのころからか積極的に源十郎を求めるようになったのである。

情交をかさねるたびに織絵は源十郎を悦ばせる性技を会得していった。しなやかな指をたくみに使い、あるときは花びらのような舌で源十郎のものを口に誘いこみ、またあるときは大胆にも源十郎のうえに馬乗りになり、淫《みだ》らに痴態をさらしながら、あたりはばからず喜悦の声をあげたりする。わずか二年ほどで女はこれほど変わるものか、と源十郎が驚嘆するほどの変貌ぶりだった。

そんな織絵の肢体を頭に想い泛かべながら、源十郎は家路をいそいでいた。

帰宅したら、まず風呂を浴びて、夕餉のまえに思いきり織絵を抱いてやろう——そう思ったとたん、急に股間がうずきはじめ、一物が玉鋼《たまはがね》のように熱く怒張して下帯を突きあげた。

源十郎は思わず赤面して足をとめた。

組屋敷の木戸門をくぐり、玄関から式台にあがったときである。ふと源十郎の胸に不吉な予感が奔《はし》った。いつもなら足音を聞いただけで、お帰りなさいまし、と奥からとんでくる織絵が、迎えにでてこない。しかも屋内には一穂《いっすい》の明かりもなく、ひっそりと薄闇につつまれていた。時刻はもう六ツ（午後六時）にちかい。こんな時刻に織絵が外出することは、めったになかった。

（妙だな）

小首をひねりながら廊下に足を運んだ。

異変に気づいたのはそのときだった。奥の部屋から、かすれたあえぎ声がもれてくる。そのあえぎ声が、織絵の悲痛なすすり泣きの声とわかったのは、奥の部屋の襖をあけた瞬間だった。

一歩、部屋に踏みこんだ源十郎は、いきなり脳天を鈍器で叩きのめされたような衝撃をうけ、敷居に立ちすくんだ。まっ先に目にとび込んできたのは、白い脚をあられもなく押しひろげられた織絵の裸身だった。その上に着物の裾をたくしあげ、尻をむき出しにした男がおおいかぶさって、腰を激しく律動させている。男の下で猿ぐつわを噛まされた織絵が声にならぬ叫びをあげていた。

源十郎はわが目を疑った。無意識のうちにわけのわからぬ声を発していた。叫声とも怒声ともつかぬ、雄叫びのような声である。

その声に度肝をぬかれて男がふり返った。

「き、貴様は！」

男の顔を見て、源十郎はさらに驚愕した。

「吉見ッ！」

男は隠密廻り同心・吉見伝四郎だった。おなじ南町の同心ではあるが、役職がちがうので親しい間柄ではない。道で会えば挨拶を交わす程度の仲であった。

吉見はあわてて立ちあがった。たったいま織絵の秘所を責め立てていた肉塊が、生々しいぬめりを放って吉見の股間にぶら下がっている。

「き、貴様、人の女房になんということを！」

「すまぬ」

ひと言、吉見は小さな声でそういうと、まだ余韻の覚めやらぬ一物を下帯に押しこんで、脱兎のごとく身をひるがえした。それより迅《はや》く、源十郎の刀が宙を奔った。

「うわッ」

悲鳴と同時におびただしい血汐が部屋中に飛散した。背中を袈裟がけに斬られた吉見は、ころがるように部屋をとび出した。

源十郎は血刀をひっ下げて追った。逃げる吉見の背に廊下で一太刀くれ、さらに玄関でとどめの一太刀を脇腹にぶち込んだ。吉見は断末魔の叫びとともに三和土《たたき》にころげ落ち、口から血泡を噴いて無様に絶命した。

刀の血しずくを振りはらうと、源十郎はすぐさま奥の部屋にとって返した。

「織絵ッ！」

源十郎の目に信じられぬ光景がとび込んできた。それが女としての最期のたしなみだったのだろう。凌辱された躰をつつみ隠すように薄襦袢をまとい、織絵は懐剣で喉を突いて果てていた。

「織絵ーッ」

源十郎は血染めの織絵の亡骸をかき抱いて号泣した。

2

異変に気づいた近隣の同心たちの通報で、ほどなく南町奉行所から上役与力や同心たちが神山家に駆けつけてきた。

源十郎はその場で捕縛され、小伝馬町牢屋敷に収監された。

揚屋は、御目見得以下の直参、陪臣、僧侶、医師などが収容される獄房である。口揚屋が十五畳、奥揚屋が十八畳あり、一般の町民が収容される大牢にくらべると、かなり広い。大牢の床は板敷きだが、揚屋には縁なしの琉球畳がしいてあり、思ったより居心地は悪くなかった。

揚屋にも大牢と同じように役囚人がいた。牢名主は女犯の科《とが》で捕らえられた五十がらみの坊主で、名は春海という。それに次ぐ隠居役の囚人が公金拐帯の罪を犯した旗本の若党、その下に平囚人が二人ほどいたが、源十郎は入牢したばかりの新参者だったので、彼らの素性も罪科も知らなかった。

雨音が烈しくなった。

外は土砂降りの雨である。

――いつ裁きが下りるのか？

この四日間、源十郎はそればかりを考えていた。三十俵二人扶持の下級の御家人とはいえ、町方同人はれっきとした幕臣である。百姓町人と同等に町奉行所の白州で裁かれるわけではない。武士の犯罪は竜の口の評定所で裁かれるはずである。――のちに、これが間違いであることに気づくのだが、現時点で、源十郎は、そう信じていた。

揚屋に収監された当日と翌日の二日間、源十郎は牢屋敷の穿鑿所《せんさくじょ》で、奉行所から出張ってきた吟味与力・大庭《おおば》弥之助の厳しい取り調べをうけた。

源十郎は事件の一部始終をありのままに供述したが、その供述どおりに事態を受けとめてくれるかどうかは、一に吟味与力・大庭の判断にかかっていた。

仮に、源十郎の言い分が受けいれられたとしても、吉見殺しの動機は凌辱された妻の報復——すなわち妻敵《めがたき》討ちということになる。この時代の武士の通念として、妻敵討ちは単なる激情犯であり、正当な敵討ちにあらず、という考え方が一般的だった。もし評定所が源十郎の犯行を妻敵討ちと判断すれば、痴情怨恨による刃傷沙汰として裁かれるにちがいない。いずれにしても極刑はまぬがれないだろう。

あれこれ思案をめぐらせているうちに、急にあたりが明るんできた。高窓を見あげると、ついさっきまで烈しく降っていた雨が嘘のようにやんで、雲間から白々と薄陽がさしていた。

鳥のさえずりが聞こえてくる。

(夜が明けたか——)

裏鞘の格子の間から、朝の冷気をふくんだ微風が吹きこんできた。同房の囚人たちは、まだ泥のように眠りこけている。

表外鞘に足音がした。鳥のさえずりより、もっとかすかな音だったが、それは確かに外鞘の石畳を踏み鳴らす音だった。しだいにその音が接近してくる。朝陽のさしこみ具合からみると、時刻はたぶん七ツ(午前四時)ごろだろう。朝飯にはまだ早いし、こんな時刻に牢番が見回りにくることは、まずあり得ない。何事だろうと不審げに外鞘の暗がりに目をやると、鍵役をひきつれた牢屋同心が牢格子のまえで足をとめた。

「神山源十郎、出ませい」

野太い声がとんできた。

源十郎はいぶかしげに立ちあがった。眠りこけていた囚人たちも、その声に目を覚まし、気だるそうにモソモソと起きあがり、牢格子の外に不審な目をやった。

鍵役が留め口の錠前をはずした。ギイッと軋み音を発して留め口の戸があいた。

牢屋同心が格子の向こうで、出ろ、と手を振っている。それを見て、囚人たちがいっせいに床に正座し、源十郎に視線をそそいだ。彼らの目の奥に憐憫《れんびん》の光がこもっていることに、源十郎は気がつかなかった。

「南無妙法蓮華経、南無妙法蓮華経――」

牢名主の春海が、源十郎の背にむかって合掌し、口のなかで低く題目を唱えはじめた。牢内でこれを唱えるのは、日蓮上人が由比ケ浜で処刑される際、助命の恩典がくだされた故事にちなんでのことである。

（そうか……）

評定所の沙汰が下ったのだ。

破戒坊主が念仏を唱えているところをみると、その沙汰は極刑――覚悟していた通りの切腹にちがいない。

源十郎はそう理解した。

「南無妙法蓮華経、南無妙法蓮華経」

春海の陰気な声に送られて、源十郎は留め口をでた。


小伝馬町の牢屋敷は広大である。周囲を七尺八寸の練塀と堀でかこまれた二千六百八十坪の敷地内には、監房のほかに囚獄（牢屋奉行）石出帯刀《たてわき》の三百八十坪の役屋敷、牢同心たちの居宅、物書所、米蔵、帳面蔵、賄所などがある。

自分では平静をよそおったつもりだったが、よほど頭に血がのぼっていたのだろう。その場所に辿りつくまで、どこをどう通ってきたのか、源十郎は憶えていなかった。かなり歩いたような気もするし、あっという間に着いたような気もする。

そこは六畳ほどの板敷きのせまい部屋だった。入口は分厚い杉板の遣《や》り戸、三方が板壁でかこまれ、背後に明かりとりの小さな窓がある。源十郎は薄暗いその部屋の板敷きの床に引き据えられた。

牢屋同心がその前に仁王立ちし、

「昨夕、お奉行のご沙汰が下った」

抑揚のない声でそういうと、おもむろに書状を披《ひら》いた。

「その方、八丁堀組屋敷にて朋輩・吉見伝四郎に私怨をもって刃傷におよび、拝領屋敷を血で穢《けが》した段、重々不届きにつき、斬罪に処す」

源十郎の顔からサッと血の気がひいた。肩が小きざみに顫《ふる》えている。

（理不尽な――）

思わず心のなかで叫んだ。刑が重すぎるというのではない。「斬罪」という不名誉な刑に対して憤りを感じたのである。

武士の犯罪に対する最高刑は「切腹」である。この時代の厳しい身分制社会において、武士だけは、おのれの犯した罪をおのれの手で裁く、いわゆる「自裁」という特権が与えられていた。例外的に身分の軽い侍や、大罪を犯したものに死罪（正式には斬罪という）が適用されるが、いやしくも源十郎は直参の幕臣である。当然、切腹が申しわたされてしかるべきであり、源十郎自身もそう信じて、覚悟を決めていたのである。

「そのご沙汰、承服しかねる！」

源十郎が凛《りん》と言いはなった。

「腹を切らせていただきたい」

「ええい、だまれ」

牢屋同心が一喝した。

「一度裁決が下された以上、これをくつがえすことは何人にもできぬ！」

吐き捨てるようにいって、憮然と背を返した。もちろん、源十郎も一度下された裁決がくつがえるとは思っていない。あまりにも理不尽な沙汰に、つい口をついて出ただけである。

ひとり、部屋にとり残された源十郎は、うつろな目を虚空にすえた。

——なぜだ?

同じ言葉が腹の底から何度もこみあげてくる。

評定処で吟味される事犯は、一座掛詮議物といい、寺社奉行、町奉行、勘定奉行が列座して裁判が執り行われた。重大犯罪の場合は、この三者に大目付、目付が加わるので、五手掛かりという。安政の井伊大老殺害事件が審議されたのも、この五手掛かりによるものであった。

旗本役人などの犯罪を裁くときは、町奉行一人、大目付一人、目付一人の三者の立合いで吟味する。これを三手掛かりといった。

源十郎は、たった今まで、

——おれは三手掛かりで吟味されるだろう。

そう信じこんでいた。

だが、それは思いちがいにすぎなかった。実際は町奉行一人によって吟味されたのである。

御目見得以下の御家人の犯罪は、町奉行所役宅において、目付立合いで吟味されるのが通例であった。これを奉行手限《てぎり》という。源十郎の場合も、通例どおり町奉行手限で裁かれたのである。

それにしても、なぜ「斬罪」なのか？

この期におよんで慈悲や情けにすがろうとは思わない。もちろん命ごいをするつもりもない。だが、せめて武士の最期にふさわしく、おのれの手で腹を切って、

（自裁したい）

源十郎がそう願うのは当然のことであり、また、そうさせるのが町奉行としての、配下の者に対する温情であろう。

切腹でなくて、なぜ斬罪なのか？

町方同心とはそれほど軽い存在なのか？

源十郎の胸に、深い疑念と怨嗟の想いが突きあげてくる。

3

牢屋敷の東北の一角に死罪場とよばれる処刑場がある。

一面に紗幕を張ったように朝霧が立ちこめていた。人影が三つ四つ、滲んでいる。

揚屋の高窓から見た朝陽が、東の空のほぼ同じ位置にぼんやりと浮かんでいた。あれからまだいくらも時は過ぎていない。時刻は七ツ（午前四時）をまわったばかりだろう。こんな朝はやく、牢屋敷で処刑が執り行われるのはきわめて異例のことである。

源十郎は、立合いの牢屋同心と下人二人に付き添われて、刑場の隅の切場《きりば》（俗に土壇場という）の前に引きすえられた。牢法にのっとり着衣は麻上下、上半身は羽がい縄でしばられ、顔に面紙《めんがみ》があてられている。

面紙というのは、二つ折りの半紙にコヨリを通して、囚人の頭のうしろで結んで顔をおおう目隠しのことだが、ふつう武士に面紙は用いなかった。当人が求めれば、許されぬこともなかったが、すでに覚悟を決めていた源十郎が、この期におよんで、なぜ面紙を求めたのか、その真意はつまびらかでない。

羽織袴、股立ちをとった首打ち役人が、ゆっくり刀をふりあげた。それを合図に介添え下人が源十郎の着物の襟をまくり、背中をグイッと押しやる。首が前に突きでた瞬間、弓鳴りのような音を発して刀がふり下ろされた。ガツッと骨を断つ鈍い音。胴をはなれた源十郎の首が蹴毬《けまり》のように土壇場の穴にころがり落ちた。

首のない胴体から、すごい勢いで鮮血が噴きあがる。付添いの下人がすかさず土壇場の穴に手をさし込んで、面紙をあてたままの源十郎の首をひろいあげ、無造作に洗い桶に入れて運び去った。

源十郎の斬首刑が執行されて、およそ四半刻（三十分）後、牢屋奉行の役屋敷の書院に、ふたりの男が対座していた。

ひとりは恰幅のよい壮年の武士――牢屋奉行の石出帯刀《たてわき》であった。牢屋奉行（正しくは囚獄という）は町奉行の支配に属し、身分は与力格、役高三百俵で、代々石出氏が世襲して「石出帯刀」の名をついでいる。

もうひとりは、手拭いで頬かぶりをし、背中に「出」の字を白く染めぬいた黒の法《はっ》被《ぴ》に股引き姿の男。一目でそれとわかる牢屋敷下男《しもおとこ》である。

「これは、一体どういうことでございますか！」

と頬かぶりの下男が石出帯刀の顔を見た。見ひらいた双眸が驚愕の大きさを物語っている。

仮にいま、牢名主の春海がこの場に同席していたら、おそらく仰天して腰を抜かしていただろう。

それほど衝撃的な場面であった。

頬かぶりの下男は、つい今しがた斬首の刑に処せられたはずの神山源十郎だったのである。

石出帯刀は、押し出しのよいその風貌に似つかぬ、やさしげな声で、

「打ち首になったのは――」

ゆったりと言った。

「おぬしの身代わりの罪人だ」

「えっ」

源十郎は思わず息を飲んだ。

「つまり替え玉を使っておぬしを地獄の底から引きもどしたというわけだ。それ以上のことは、わしの口からは何も申せぬ」

「し、しかし――」

「一つだけ言っておこう。このことは牢屋奉行のわしと、わしの腹心・杉田以外には誰も知らぬこと」

杉田というのは、処刑に立ち合った同心である。

石出がつづける。

「よいか源十郎。おぬしは一度死んだ男だ。もう二度と陽のあたる場所には出られぬ。この先は闇にまぎれて生きていくしか道はあるまい。そのこと、しかと心にきざんでもらいたい」

源十郎が何か言おうとすると、石出はそれをさえぎって、

「裏で駕籠《かご》が待っている。さ、人目につかぬうちに――」

源十郎をうながして立ち上がった。

石出帯刀に先導されて役屋敷の裏口を出、大戸口を抜けると、つい先ほど源十郎の身代わりの罪人が処刑された刑場に出た。

朝霧が立ちこめている。

人影はなかった。

わずか四半刻まえ、ここで繰りひろげられた酸鼻な光景が、まるで絵空事であったかのように、あたりは森閑と静まり返っている。

立ちこめる霧のなかに、源十郎は濃厚な血の臭いをかいだような気がした。

刑場の土塀にそって北に歩をすすめると、死罪人の出口門に突きあたる。その門をくぐると、すぐ右手に裏門が見えた。石出帯刀が門のかんぬきを外す。軋み音を発して門扉が重々しく、ひらいた。

門前に、ひっそりと駕籠が待ちうけていた。大名駕籠とおぼしき立派な塗駕籠である。「たのむ」石出は駕籠の陸尺《ろくしゃく》に小声で一言そういうと、顎をしゃくって源十郎をうながした。源十郎は無言のまま一揖《いちゆう》し、駕籠に乗りこんだ。

駕籠は、まだ眠りから覚めやらぬ町筋を、ひたすら東に向かって走っていた。朝霧が家並みをひっそりとつつみこんでいる。奇妙な静寂があたりを領していた。聞こえるのは陸尺の息づかいだけである。

(おれは本当に生きているのだろうか?)

駕籠にゆられながら、源十郎はぼんやりそんなことを考えていた。

これから何が起きようとしているのか。この先にどんな運命《さだめ》が待ちかまえているのか。源十郎の脳裏にさまざまな思念がよぎる。だが、考えたところでどうにもならない。一度闇に葬られた命、この世から断ち切られた運命は、もはや己れのものではなかった。源十郎を、地獄の底から引きあげた「何者」かの手にゆだねられたのである。

牢屋敷を出てから、駕籠が止まるまでの間がやけに長く感じられたが、実際には四半刻もたっていなかった。

ずん。

尻に軽い衝撃が伝わり、駕籠が地面に下ろされた。

「ここで舟にお乗り替えを――」

御簾《みす》の外で陸尺の声がした。

駕籠をおりると、目の前に滔々《とうとう》と流れる川があった。大川である。川面に朝霧が立ちこめていた。左手に目をやると、霧の奥に巨大な橋影がにじんでいる。

両国橋であった。

駕籠は、両国橋からやや南に下がった川岸の船着場にとまっていた。昼間は荷船や屋根船などがひっきりなしに発着する賑やかな場所だが、さすがにこの時刻には舟も人の影も見あたらない。

栈橋に一艘の猪牙舟《ちょきぶね》がもやっていた。

陸尺にうながされるまま、源十郎は桟橋から猪牙舟に乗りこんだ。それを見届けると、駕籠は飛ぶように朝霧のかなたに走り去っていった。

源十郎が猪牙舟の艫《とも》に腰をおろすと同時に、初老の船頭は水棹《みさお》をグイと押しやって舟を出した。

頭上に水鳥が群舞している。

風はほとんどない。

川面を白い朝霧がゆったりと流れていく。霧の流れる速度とほぼ同じ速さで、猪牙舟は大川を下っていった。

新大橋をくぐり、さらに下流の永代橋をくぐりぬけると、ほどなく江戸湾に出た。ぷんと汐の香りが匂う。急に霧が晴れて、視界一面に紺碧の大海原がひろがった。

海は凪いでる。それでも海面にはわずかなうねりがあり、猪牙舟は、そのうねりにのって木の葉のようにゆれながら、南に向かっていた。

左に石川島、佃島をのぞみ、しばらく行くと、やがて右手前方にこんもりと繁る緑が見えた。浜御殿の樹林である。

舟はしだいに舳先《みよし》を岸辺に向けはじめた。それまで終始無言だった船頭が、櫓《ろ》をこぐ手をとめて、卒然と口をひらいた。

「これで目隠しを――」

と手拭いを差し出した。

「目隠し？」

源十郎は、けげんそうに聞き返した。何か見られてはまずいものでもあるのか、と訊ねようとしたのだが、船頭はその問いを封じこめるように無遠慮に手拭いで源十郎の顔をおおい、

「しばし、ご辛抱を――」

慇懃にそういって、ふたたび舟を押しはじめた。

しばらくすると、猪牙舟の行く手に、垂直にそそり立つ石垣が迫ってきた。高さ六尺もあろうかと思われるその石垣のうえには堅牢な白壁の塀がつづいていた。

石垣の一角に切り込むように凹型の空間があった。

水門である。

船頭は水門の手前の石垣に舟をよせ、木組みの櫓《やぐら》の把手をまわした。円筒の絞車（輪軸）が太い麻縄を巻きあげると、滑車に吊るされた水門がギシギシと音を立てて上昇していった。

やがて石垣にポッカリと穴が開いた。穴の奥は底のない闇である。猪牙舟は吸いこまれるように暗渠《あんきょ》の奥に消えていった。

4

そこがどこなのか、源十郎には皆目見当もつかなかった。尻に畳の感触がある。梁《はり》や柱は檜造りだろう。かすかに木の香が匂う。どこか格式高い屋敷の一室にちがいない。

目隠しをされたまま、源十郎はその部屋の中央に胡座していた。

がらり。襖が開く音がした。

誰かが入ってくる。足音の気配で二人とわかった。

「目隠しをはずされよ」

嗄《か》れた声がした。

源十郎はゆっくり目隠しをはずした。目の前に二人の侍が座っている。いずれも、かなり年配の武士であった。

「まあ、茶でもいっぱい――」

嗄れた声のぬしが茶盆をさし出した。半白頭の大柄な初老の男である。もう一人の総白髪《しらが》の品のよい小柄な老人は、おだやかな笑みを泛かべて、ただじっと見すえている。上等な茶の紬《つむぎ》に同色の薄い十徳《じっとく》を羽織っている。この屋敷のあるじであることは、すぐ察しがついた。

源十郎は茶を一口すすると、

「失礼ですが、あなた方は?」

二人の顔を交互に見やって誰何《すいか》した。

「それがしは市田孫兵衛と申すもの。こちらにおわすのは……」

孫兵衛がとなりの総白髪の小柄な老人に目をむけた。

「楽翁《らくおう》と名乗っておこう」

総白髪の老人が答えた。

「囚獄・石出帯刀どのとは、先代から懇意にしておっての」

楽翁と名乗った老人が話をつづける。

「このたびの秘策、石出どのに無理をお願いして引き受けてもらったのじゃ」

「しかし、なぜ?――」

あれほどの大狂言を打ってまで、御家人風情の自分を助けてくれたのか――と訊こうとすると、今度は孫兵衛が、

「おぬしの素性はあらかた調べがついておる。名は神山源十郎、江戸八丁堀生まれ。歳二十七、南町奉行所定町廻り同心。在職中の業績、抜きん出て優秀」

まるで人別帳を諳《そら》んじるようにスラスラと語った。楽翁が温和な笑みを泛かべながら、もうよい、といわんばかりに手で制して、

「刑場の露と消ゆるには惜しい人物じゃ。それに――」

と言葉を切って、源十郎を射すくめた。その顔から笑みが消えている。

「おぬしの罪科そのものに、いささか疑念があってのう」

「と申しますと？」

「おぬし、なぜあの男を斬った？」

「妻を凌辱されたからです」

「では、あの男、なぜおぬしの妻を凌辱したのじゃ？」

楽翁が矢つぎ早に詰問する。

「それは――」

源十郎は言いよどんだ。なぜと訊かれても返答のしようがない。男が女を犯す、という行為に理由などないだろう。盛りのついた犬が劣情にまかせて牡犬に襲いかかったようなものなのだ。

「吉見伝四郎は、日頃からおぬしの妻に懸想《けそう》しておったのか？」

楽翁がかさねて詰問した。

「いえ、それは――」

源十郎は、また言いよどんだ。南の町方同心といっても役職がちがうので、源十郎と吉見のあいだに私的な付き合いはまったくなかった。それに、同じ八丁堀に住んでいても、吉見伝四郎の組屋敷は、南はずれの岡崎町にあり、源十郎の組屋敷からはかなり離れている。日常の暮らしのなかで、吉見が織絵の姿に接する機会はほとんどなかったはずだ——と源十郎は思うのだが、しかし、よく考えてみると、「ない」と断言できるだけのたしかな根拠もなかった。

買い物に出かけるときとか、あるいは湯屋にいくときとか、ちょっとした外出《そとで》の折りに織絵の姿を見かける機会はあったかもしれない。そんなことが何度かつづくうちに、吉見が一方的に織絵に横恋慕した、ということも充分に考えられるのである。

「仮にそうだとしても——」

楽翁が源十郎の腹のなかを読みすかしたように言葉をつづけた。

「なぜ、吉見はわざわざおぬしの帰宅時刻に、そのような無道な挙に出たのであろうかのう」

源十郎は、ハッと息を飲んだ。そういわれて、初めてそのことに気づいたのである。たしかに不可解だ。

吉見は、定町廻り同心の帰宅時刻ぐらいは知っていたはずである。織絵を犯そうという不逞な企みをもっていたとしたら、源十郎の帰宅時刻をはずして挙におよぶはずだ。吉見は隠密廻り同心である。当然、そのぐらいの知恵は働かせるだろうし、源十郎の留守を狙う機会はいくらでもあったはずである。

——では、なぜ？

という疑問が源十郎の胸にわき上がってくる。その疑問に答えるように、

「ひょっとすると、あの事件はおぬしを陥れる奸計であったやもしれぬ」

楽翁がそういって、細い目をぎらりと光らせた。

——奸計。

思いもよらぬ言葉だった。

「おぬしの妻を凌辱し、その現場をおぬしに目撃させる。当然、おぬしはその場で吉見を斬り捨てるだろう。過去の例をあげるまでもなく、幕臣の刃傷沙汰は罪が重い。よくて遠島、悪くすれば切腹斬罪……、つまり、あの事件はおぬしをおとしめるための罠、と考えれば何もかも平仄《ひょうそく》があう」

源十郎は絶句した。何か言おうとしているのだが、言葉が咽喉《のど》につまって出てこない。

「吉見伝四郎は、その罠の仕掛け人として何者かにそそのかされたに相違あるまい」

ずばり、楽翁はそう推断した。

「な、何者か、と申しますと！」

「わからん」

楽翁は首をふった。

「時は充分にある。それから後のことは自分で考えることじゃ」

卒然と立ちあがり、

「孫兵衛、あとは頼んだぞ」

いいおいて、楽翁と名乗る小柄な老人は部屋を出ていった。

源十郎の頭のなかには、さまざまな思念が錯綜していた。楽翁の話が事実だとすれば、罠を仕組んだ人物とはいったい何者なのか？　その目的は――？

謎はそれだけではなかった。

いま、この部屋から去っていった「楽翁」と自称する老人は何者なのか？　牢屋奉行・石出帯刀を抱きこんで、あれほど手のこんだ策を弄し、源十郎を冥界から現世に引きもどしたねらいはどこにあるのか？

「源十郎どの」

孫兵衛の声に、源十郎はハッと我にかえった。

「おぬしは、本日この場をもって当家に影目付として召し抱えられることになった」

「影目付？」

源十郎がおうむ返しに聞いた。

「いや、なに……」

孫兵衛は、あいまいな笑みを泛かべた。

「南町の役所に居《お》ったときと同じ働きをしてくれればよい。ただし――」

孫兵衛が急に鋭い目で源十郎を見すえた。

「おぬしは一度死んだ男。つまり、この世に存在せぬ死人《しびと》ゆえ、この場かぎりで神山源十郎という名を……、いや氏素性ばかりではのうて、現世とのつながりをいっさい切り棄ててもらう。よいな」

源十郎は、黙ってうなずいた。もはやこの世におのれの居場所がないことは、言われなくてもわかる。孫兵衛の要求を拒むつもりはなかった。拒む理由もない。

――おれは一度闇に葬られた男だ。

5

屋敷の裏手の離れ屋が、源十郎の当面の住まいとして与えられた。以前は下男でも住んでいたのだろう。二坪ほどの土間と四畳の寝間、六畳の居間だけの小さな家だった。

その日以来、楽翁も孫兵衛も源十郎のまえに姿をあらわさなかった。三度の食事は、老婢が運んでくる。粂《くめ》という、見るからに律儀そうな老女だった。

十日ほどたったころ、源十郎は粂に命じて、三度の食事を二度にさせた。やや肉のつきはじめた躰を絞るためである。その二度の食事も、飯は半分ほどに控えた。

朝は六ツ（午前六時）に起きて、一刻（二時間）ほど木刀の素振りをし、井戸端で汗を流して朝餉をとる。それから午《ひる》すぎまで座禅を組み、午睡をとって、ふたたび木刀の素振り。暮れ六ツに夕餉をとって、五ツ（午後八時）には床につく。修験者のような鍛練と修養の日々がつづいた。

屋敷の周辺には、鬱蒼《うっそう》と樹木が生い茂っていて、外の景色は見えなかった。

離れ屋に案内されたとき、

「当家への詮索はいっさい無用」

と孫兵衛から厳しく釘を刺されたので、その言葉どおり、源十郎は離れ屋の周囲から一歩も足を踏み出さなかった。

この屋敷の規模がどれほどなのか、まったく見当すらつかぬが、母屋の前の奇岩巨石や泉水を配した見事な庭園、手入れのいき届いた植え込み、周囲に鬱蒼と繁る樹木——などから察して、いずれ名のある大名家の中屋敷か下屋敷と思われる。

舟で連れてこられたのだから、海に近い場所であることはまちがいない。

時折、緑陰を吹きぬける風が磯の香りを運んでくる。八丁堀の風の匂いに似ていた。

——築地あたりかもしれぬ。

源十郎は、そう思った。

またたく間に半月がたった。

生い茂った樹木から、耳を聾《ろう》さんばかりに蟬《せみ》しぐれが降りそそいでいる。

源十郎は、いつものように木刀の素振りをおえて、井戸端で汗を流したあと、離れ屋の居間にもどって、手鏡をのぞき込んだ。

月代《さかやき》も髭《ひげ》も伸び放題、頰がげっそりとそげ落ちている。

――これがおれの顔か。

と思うほど、別人のように面貌が変わっていた。

（だが……）

源十郎は、思いなおす。

この男の面立ちの一番の特徴は、太い一文字の眉と涼しげな目元にある。髭がのび、頰がやせても、この特徴だけは隠せない。往来で南町の朋輩に行き会ったりしたら、たちどころに看破されるにちがいない。

源十郎は、剃刀《かみそり》を手にとった。一瞬、ためらうように鋭い刃先を見つめたが、意を決して額に刃先を押しあて、指に力をこめてグイと引き下げた。額から眉間にかけて裂け目がはしった。その傷に平行するように、さらに剃刀で額を裂いた。肉がざっくりと割れて、骨が見えるほど深い傷がついた。眉間から真っ赤な血がだらだらと流れおちて、源十郎の顔面は赤鬼のように朱に染まった。

したたる血を手拭いでふきとり、小物箱から縫い針と糸をとり出し、手早く二筋の傷を縫い合わせた。

脳髄を突き刺すような鋭い痛みが二日間つづいた。三日目になって、嘘のように痛みがとれ、四日目に傷口がふさがった。

赤黒く盛り上がった傷痕《きず》は、みみずが二匹張りついたように、額から眉間にかけて二筋の太いしわになっている。そのしわに引きよせられて、一文字眉と両目がするどく吊りあがり、鬼面のような凄味のある目つきになっていた。

——これなら誰も気づくまい。

源十郎はふと笑みを浮かべた。その笑みにも、おぞましいほどの凄味があった。まさに羅刹の面貌である。

——おれは鬼になる。

源十郎は胸の奥底に瞋恚《しんい》の炎をたぎらせ、冥府からよみがえったもう一人のおのれに、《死神幻十郎》
そう命名した。

夏が終わろうとしていた。

離れ屋の周辺の、鬱蒼と生い茂った樹木の葉が、かすかに色づきはじめている。

蟬しぐれに代わって、さまざまな野鳥のさえずりが木々の梢から降りそそいでくる。

源十郎――いや幻十郎は、いつものように離れ屋の庭先で木刀の素振りをしていた。

ふふふ……。

突然、背後で低い笑い声がした。

ふり向くと、いつの間にか楽翁と孫兵衛が立っていた。

「見事に変わったのう」

楽翁がしげしげと幻十郎の顔を見た。

長くのびた月代《さかやき》、眉間に深く刻みこまれた二筋の傷痕、するどく吊りあがった眉目、げっそりとそげ落ちた頰。躰もひと回り引きしまり、面貌といい、風体といい、誰の目にもすさみきった浪人者としか見えまい。

「なかなかよい面がまえになった。地獄から舞いもどってきた男にふさわしい風貌じゃ」

楽翁は、満足そうな笑みを泛かべ、

「そろそろ、わしの素性を明かしてもよかろう。のう孫兵衛」

「ははっ」

孫兵衛は、恐懼《きょうく》するように小腰をかがめた。

「茶でも飲みながら、そちの口から話してやってくれ」

そういい残して、楽翁はゆったりと背を返した。その後ろ姿が、母屋の庭の枝折戸《しおりど》

のむこうに消えるのを見届けて、

「では、おぬしの部屋で」

孫兵衛が幻十郎をうながした。

離れ屋では、粂がすでに茶の支度をととのえており、二人が居間に入ってくるのを見ると、丁寧に頭を下げて退出した。

孫兵衛は、ゆっくり腰をおろし、茶を一口すすりあげると、

「あのお方は――」

嗄れた低い声で話を切り出した。

「もと白河藩藩主・松平定信《さだのぶ》さまじゃ」

「えっ」

幻十郎は、意外な面持ちで孫兵衛の顔を見た。

かつて幕閣の最高権力者・老中首座として、秋霜烈日の幕政改革――世にいう「寛政の改革」を断行した松平定信の名を知らぬものはいない。だが、頭に想い描いていた剛直な風貌と、あの小柄な老人の風貌とは、あまりにもかけ離れていた。幻十郎が意外に思ったのは、そのことである。

「政事《まつりごと》から身をひかれて、もうかれこれ十一、二年になるかのう。いまは越中守さまの下屋敷の一角に居をかまえて、お好きな歌づくりをしながら、悠々自適の日々を

送られておるのだが――」

越中守というのは、定信の嫡子・松平定永《さだなが》のことである。

文化九年（一八一二）、松平定信は、奥州白河藩十一万石の家督を嫡男・定永にゆずって致仕した。定信、五十五歳のときである。それを契機に、同じ年の四月十一日、定信は築地の下屋敷に移り、一万七千余坪の広大な敷地の一角に隠居屋敷を建てて『浴恩園《よくおんえん》』と名づけ、みずからを楽翁、あるいは花月翁と号して、書を読み、和歌を詠じる、風雅な余生を送っていたのである。

「では、この屋敷は――」

幻十郎が聞き返した。

「松平越中守さまの築地の下屋敷、いま楽翁さまが住んでおられるのが浴恩園じゃ」

孫兵衛が答えた。

――やはり。

幻十郎の勘どおり、この屋敷は築地にあった。

「蠣殻町《かきがら》の中屋敷のちかくに『風月庵』と申す庵《いおり》がある。その庵がおぬしのこれからの住まいじゃ」

孫兵衛は、そういって幻十郎の前に切餅を二つ（五十両）おいた。

「当面の費用《かかり》じゃ。ほかに月々三十両の陰扶持《かげぶち》を与える。おぬしの仕事については、そのつど、わしがじきじきに風月庵に出むいて下知する。話はそれだけじゃ。茶を飲んだら、早々にこの屋敷を立ち去るがよい」

「はっ」

幻十郎は、ぬるくなった茶を一気に飲みほして立ちあがった。

「源十郎」

孫兵衛が呼び止めた。

「おぬしは当家とはいっさい関わりのない男じゃ。二度とこの屋敷に出入りしてはならぬ。わかったたな」

厳しい口調でいった。

幻十郎は無言でうなずき、くるりと背を返して、大股に部屋を出ていった。

第二章　黄昏の少将

1

茶釜がチンチンと湯をたぎらせている。
その音を愛《め》でるがのように、楽翁は、石炉のかたわらに端座し、静かに瞑目していた。
障子にさらさらと笹の葉影がゆれている。
初秋の午さがり――。
浴恩園の南隅の茶室である。
表で、枯れ葉を踏みしめる音がした。
楽翁は、ふと目をあけて、
「来たか……」
一言、口のなかでつぶやくと、黒漆の棗《なつめ》から抹茶をすくいとって、大ぶりの白天目《しろてんもく》の茶碗についだ。

「ごめん」

躙口《にじりぐち》の戸があいて、孫兵衛が小腰をかがめて入ってきた。

楽翁は、無言のまま、茶釜の湯を天目茶碗にそそぎ、典雅な茶筅《ちゃせん》さばきで茶を点じて、孫兵衛のまえにさし出した。

「頂戴つかまつります」

孫兵衛は仰々しく受けとって、作法どおりに茶をのみ、

「結構なお点前にございます」

深々と一礼して天目茶碗をおいた。

「あの男、どうしておる？」

楽翁がおだやかな笑みを泛かべて訊いた。

「昨日、様子を見にいってまいりましたが、留守でございました」

「そうか――」

べつに気にするでもなく、恬淡《てんたん》とうなずいて、楽翁はまた茶をたてはじめた。

「殿……」孫兵衛が、真顔で楽翁の顔を見た。「口はばったいようでござりますが」

「なんじゃ」

「一言、いわせていただきます」

「言うてみよ」

「あの男、在任中はたしかに切れ者との評判が高うございました。しかし、殿のご期待にそえるほどの大きな仕事ができるかどうか、それがし、いささか疑念に存じまする」

ふむ、と楽翁は鷹揚にうなずいて、二杯目の茶をさし出した。

「もう一服どうじゃ？」

「は」

孫兵衛は畏まって受けとった。

「そちの申すとおり、あの男に大きな仕事はできまい。もとより、わしも期待してはおらぬ」

楽翁が淡々と話す。

「だが、千丈の堤《つつみ》も蟻《あり》の一穴、と申すからのう」

孫兵衛は茶をのみながら、けげんな目で楽翁の顔を見た。

「あやつは蟻じゃ。一匹の蟻にすぎぬ。田沼の堤に穴をうがつもよし、屋敷の根太《ねだ》を食い荒らすもよし。蟻には蟻の流儀がある。好きなようにやらせておくがよい」

そういって、楽翁は、ふふふ……と低く笑った。だが、目は笑っていない。眼窩の奥に針のように鋭い光がこもっていた。六十六歳のこの老人がチラリと垣間見せた、老獪《ろうかい》でしたたかな素顔である。

（殿は、まだ田沼どのに宿怨をお持ちか）

孫兵衛は、畏怖するように楽翁の顔を凝視した。

田沼――とは、十代将軍家治《いえはる》の寵臣《ちょうしん》として、十数年にわたって幕政の実権をにぎり、権勢をほしいままにしてきた老中・田沼意次《おきつぐ》のことである。

天明六年（一七八六）、家治逝去と同時に田沼は失脚、政権の座から追いやられたあげく、遠州相良の城地までも没収され、二年後の天明八年、不遇のうちにこの世を去った。享年六十九歳であった。

田沼意次に代わって政権の座についたのが、奥州白河藩主、弱冠三十歳の松平定信（楽翁）であった。

天明年間のあいつぐ飢饉《ききん》と財政窮乏で、瀕死の危機にあえいでいた白河藩政を、節倹一辺倒の厳しい緊縮政策によって見事に立てなおした定信は、その自信と実績をひっさげて中央政界に登場し、老中就任と同時に田沼一派への仮借ない粛清人事に着手した。

いつの時代も、権力を掌握したものは称賛の声で迎えられ、権力の座を追われたものには悪罵が浴びせられる。田沼と定信も例外ではなかった。政権の座から追いやられた田沼意次は、賄賂政治の権化、腐敗政治の元凶として後世にまで汚名をのこし、その腐敗政治に大鉈《おおなた》をふるい、「寛政の改革」を断行した松平定信は、清廉高潔の士として誉めたたえられてきた。

それが世の常とはいえ、田沼政治を「悪」、定信の改革政治を「善」、と単純な図式で割り切ってしまうのはまちがいである。両者が歴史の対極にあったのは、政治理念のちがいによるものにすぎなかった。端的にいえば、田沼意次は重商業主義、松平定信は農本主義。いわば都市型政治と農村型政治のちがいが、この両者を明確に色分けしただけなのである。

ともあれ、三十歳の若さで権力の座についた青年宰相・松平定信は、徹底的に田沼政治を払拭し、田沼一派を幕府から排除した。その仮借ない粛清人事は、ほとんど偏執的な――というより、ヒステリックなまでに烈しいものであった。

人や物に対する好悪の念は理屈ではない。感情である。もともと定信は感情に激しやすい男であった。政治理念や主義主張をうんぬんする以前に、とにかく田沼意次という成りあがり者が嫌いだったのである。

白河藩主時代の天明元年（一七八一）、定信は「国本論」という書を著し、そのなかですでに田沼政治を痛烈に批判している。定信二十四歳のときである。そのころから徹底した田沼嫌いであった。

では――なぜ、定信はそれほどまでに田沼意次を嫌ったのか？　その理由は、遠く過去にさかのぼって、奥州白河藩松平家に養子に出された際のいきさつに由来する。

松平定信は、御三卿のひとつ、田安《たやす》家の七男としてこの世に生をうけた。だが、上の四人がいずれも早世し、治察《はるさと》、定国《さだくに》、定信の男子三人だけが残ったので、事実上は三男ということになる。

ちなみに「御三卿」とは、八代将軍・吉宗がおのれの直系の苗裔《びょうえい》を後世に残すために創設した二家――すなわち、二男宗武《むねたけ》を初代とする田安家、四男宗尹《むねただ》を初代とする一橋《ひとつばし》家に、九代将軍・家重《いえしげ》が興した清水家をあわせた三家を御三卿といった。

この御三卿のなかでも田安家は、将軍継嗣の序列において筆頭格の家柄であった。将軍家、あるいは徳川御三家に正統の血筋がたえたとき、まず、まっ先に宗家をつぐべき地位とされていたのが、この田安家である。

明和八年（一七七一）、田安家の初代当主・宗武《むねたけ》が薨《こう》じ、長男の治察が家督をついで二代当主となったが、生来、治察は病弱のたちであり、しかも継嗣にもめぐまれず、当初から家名の存続があやぶまれていた。二男の定国はすでに伊予松山の松平隠岐守《おきのかみ》のもとに養子に出されていたので、万一のさいは部屋住みの定信を当主に直そうと、田安家の重臣たちは、元服まもない定信にひそかな期待をよせていた。

そんな折り、降ってわいたように、定信を奥州白河の松平家に養子にだせという話が、時の老中や大奥老女からもちあがった。もちろん田安家はこの理不尽な要請を固くことわったのだが、幕閣からの養子縁組の要請は執拗をきわめ、ついには将軍家治の台命により、ねじ伏せるがごとくこれを承諾させてしまったのである。

田安家が悲運に見舞われたのは、それから間もなくであった。

安永三年（一七七四）八月、家臣一同の必死の平癒祈願もむなしく、当主・治察が二十二歳の若さで病没し、田安家は断絶の危機にさらされたのである。

重臣たちは、治察の喪をしばらく秘すとともに、白河松平家との養子縁組を白紙にもどし、定信を田安の籍に復帰させるよう幕閣に嘆願したが、閣老たちは、いったん下された台命をくつがえすことはできぬと、これを固く拒否した。

折りも折り、白河藩の当主・松平定邦《さだくに》が中風症にかかって病床に臥して、言語も不自由なために政務に重大な支障をきたす、一刻もはやく定信を養子に移してもらいたい、と松平家から催促がきた。養子縁組は台命によってすでに決定したことであり、いかなる理由をならべ立てても、これをくつがえすことは、もはやできない。そこへ養家から矢のような催促——となれば、田安家としても定信の復帰願いをあきらめざるを得なかった。

安永四年（一七七五）十一月、定信は、うしろ髪をひかれる思いで江戸八丁堀の白河藩邸に移った。定信十八歳のときである。

2

八代将軍・吉宗を祖父にもち、文人学研肌の田安宗武を父にもつ定信は、幼いころから儒学、和歌、詩文、書面に英才ぶりを発揮し、周囲から将来を嘱望されていた。とくに和歌づくりには天稟《てんぴん》の才があった。

心あてに見し　夕顔の花ちりて
たづねぞわぶる　たそがれの宿

十六歳のときに詠んだこの和歌は、京の縉紳《しんしん》のあいだでも評判になり、後年、定信が「黄昏《たそがれ》の少将」と呼ばれる縁由《えんゆう》となった名吟であった。

これほど感受性のするどい青年が、「田安つぶし」の遠謀を見抜けぬはずがない。

(謀《はか》ったな、一橋どの)

田安家を離れるさい、定信は、そう直観した。

定信が看破したとおり、養子縁組の筋書きを書いたのは、御三卿のひとつ、一橋刑部治済《ぎょうぶはるさだ》であった。

治済の父・一橋宗尹《むねただ》は、八代将軍・吉宗の第三子であり、第二子の田安宗武の子である定信より、将軍継嗣の序列では、一ランク落ちることになる。将軍家にかぎらず、この時代の武家の家督相続は、血の濃淡によって優先順位がきめられた。わずかでも当主の血筋にちかく、その血をより濃く受けついだものが家督をつぐ、という不文律がまかりとおっていた。この不文律を逆転させるには、自分より序列の上のものを排除しなければならない。定信より七歳年長の一橋治済は、時の権力者・田沼意次とむすんでそれをやったのである。

英明のほまれ高い定信を、奥州白河藩の松平家に養子に出して、将軍継嗣の権利と資格を剝奪し、おのれの息子・家斉《いえなり》を十代将軍・家治《いえはる》の養子にする——田安家の病弱な当主・治察がいずれこの世を去るであろうことを見越して書かれた、それは周到かつ巧妙な筋書きであった。

田安家を去るときの心境を、定信は随筆『宇下《うげ》の人言《ひとごと》』のなかで、こう記している。

《去りがたきわけありしこと、この事は書きしるしがたき》

ことの真相は知っているが、これを公言するのははばかられる、という微妙なニュアンスの文意である。

このときから、松平定信の胸裡に、一橋治済とその傀儡《かいらい》である田沼意次に対する、烈しい嫌悪と憎悪の芽が萌えだしたのである。

事実上、田安家の後継を廃嫡に追いこんだ一橋治済は、筋書きどおりに自分の息子・家斉を十代将軍家治の養子にすえ、次期将軍の座を獲得するための布石をうった。

——歴史は偶然がつくる。

という言葉がある。しかし、こと徳川二百六十有余年の歴史に関しては、かならずしもこの言葉は当てはまらない。徳川将軍家の歴史は、親子兄弟、一門眷属《けんぞく》、骨肉あいはむ血みどろの謀略の歴史でもあった。

十一代将軍・家斉が誕生した背景にも、いまだに謎とされている事件がいくつかあった。その一つは、十代将軍・家治の嫡子・家基《いえもと》の怪死事件である。

安永八年（一七七九）二月、当時十八歳の家基は、江戸近郊の新井宿あたりで鷹狩りを楽しんでいたおり、急に気分が悪くなり、いそぎ帰城して手当てを受けたが、その三日後に不帰の客となった。一橋治済と田沼意次は、家基の急死を奇貨として、治済の長男・豊千代＝家斉を十代将軍・家治の世子に入れることに成功したのである。

さらにその七年後の天明六年、水腫で療養中の将軍家治の病状が突然悪化し、典医たちの必死の手当ての甲斐もなく、病臥から二十日後に死去した。

家治の死の直後、柳営内外でまことしやかに毒殺説がひろまった。犯人とされたのは田沼意次である。その根拠となったのは、田沼がさしむけた町医者の調薬を服用したとたんに、家治の病状が悪化したからだという。『天明巷説』には、家治の躰が烈しくふるえだし、おびただしい吐血をして絶命したと記されている。当時の著名な随筆家・神沢貞幹の『翁草《おきなぐさ》』には、こうも記されている。

『大奥の女中、口々に主殿頭《とのものかみ》（田沼意次）御上へ毒薬を差上げたりと、数千の女中罵ること夥し』

家治の毒殺説が、たんなる噂にすぎなかったのか、あるいは反田沼派が流した謀略喧伝なのか、いまとなっては定かなことはわからない。しかし、ひとつだけ確かなことは、家治の世嗣・家基の急死と、それにつづく将軍家治の死によって、一橋治済の思惑どおり、息子の家斉が十一代将軍の座についた、という事実であった。

――一橋どのは希代の権謀家だ。

奥州白河の一大名になり下がった定信は、治済にしてやられた、と無念の想いをこめて側近につぶやいた。

権謀家は、生まれながらに冷徹、非情な資質を備えていなければならない。言いかえれば、いささかでも善良な心をもつ人間は権謀家になれないということでもある。

その意味で、一橋治済は、生まれながらの悪人といえた。

十四歳の幼君・家斉をいただいて徳川宗家を乗っとった治済は、一橋家の家督を四男・斉敦《なりあつ》にゆずって隠居し、三男・斉匡《なりまさ》を、世子がたえて廃絶の危機にさらされた田安家に養子に出して同家を手中におさめ、着々と権力の地歩を固めていった。さらに、将軍暗殺の黒い噂にまみれた盟友・田沼意次に、徳川御三家や反田沼派の譜代大名のあいだから囂々《ごうごう》たる非難が噴出するや、あっさりと田沼を権力の座からひきずりおろし、あろうことか、かつて自分の手で田安家から奥州白河藩に追いやった松平定信を老中の座に抜擢して、反田沼勢力の矛先をかわすという、あざといばかりの放れ技をやってのけたのである。これはしかし、愚策であった。例えていえば、おのれの身を守るために、自邸の庭に虎を放ったようなものである。

——策士、策におぼれたか。

奥州白河藩主として臥薪嘗胆《がしんしょうたん》の日々を送っていた定信は、内心そうつぶやきながらニンマリほくそ笑んだにちがいない。

徳川御三家と反田沼派の譜代勢力の支援をえて政権の座についた定信が、まっ先に着手したのが人事の刷新——というより、定信の私怨による報復人事——だった。酷烈な、そして徹底的な人事の粛清が行われたのである。その結果、田沼意次はもとより、田沼一族、田沼派の重臣、役人などが罷免あるいは知行削減、あるいは死罪などの厳罰に処され、幕政から田沼一派はその片鱗ものこさず一掃された。

異常な執念をもって粛清人事を強行した定信が、次に力を入れたのは、荒廃した農村の建て直しであった。これはすでに白河藩の農政がかなりの実績をおさめている。

「農は国の本」という定信の政治理念は、みずから『楽亭筆記』に記しているように、

「民というものは、愚かな者であるから、仁政といって恵みを与え過ぎてはいけない。生かさず殺さずというのが、救民の法と心得るべき」

すなわち、民百姓は年貢を納める道具にすぎぬのだから、これを大切にせよ、という考え方である。この考え方はしかし、松平定信の独創的発想ではない。封建君主制度のもとで国主や領主のだれもが持っていた、いわば搾取政策の基本理念なのである。定信はそれを白河藩の地方政治で頑迷に実践したにすぎない。そして、それは確かに成功した。

その自信と実績をひっさげて中央政界に登場した青年宰相の意気込みは、弛緩した田沼政治に不満をいだいていた譜代派勢力にとってひどく新鮮に映ったにちがいない。

しかし、定信が打ち出した施策は、彼らの期待を大きく裏切った。以前にも増して年貢の取りたては苛斂誅求《かれんちゅうきゅう》をきわめ、金銀の融通が悪化して景気は衰退する一方。お上から口やかましくいわれる文武奨励、倹約励行に、武士たちはうんざりし、

「世の中に蚊ほどうるさきものはなし、ぶんぶ（文武）ぶんぶと云うて夜も寝られず」

痛烈に皮肉る者さえいた。挙げ句は、

「白河（定信）の清きに魚もすみかねて、元のにごりの田沼（意次）こいしき」

と田沼政治を懐かしむ声さえ出てくるしまつ。

——結果的に、定信の改革政治は失敗した。複雑肥大化した幕政に地方政治を取り入れようとしたところに、そもそも無理があったのである。

3

なんの前触れもなく、それは突然やってきた。

定信の老中解任である。

青天のへきれきとも思えるこの突然の解任劇のうらには、じつは周到に計算された筋書きがあった。その筋書きを書いたのは、ほかならぬ一橋治済であった。

反田沼派の御三家や譜代大名たちの非難の矛先をかわすために、みずから定信を老中に推したものの、いまや将軍補佐役として名実ともに幕閣の最高責任者となった定信に、治済はひそかな畏怖を感じていた。思惑どおり息子の家斉を十一代将軍の座にすえたものの、家斉はまだ二十歳《はたち》そこそこの若年である。幕政の実権は、事実上、定信がにぎっていた。家斉を傀儡にして絶対的権力を掌握しようと企んでいた治済にとって、定信の予想外の出世は苦々しいかぎりだったにちがいない。

――定信を追い落とさねばならぬ。

その畢生《ひっせい》の策が、将軍家斉の実父として江戸城西丸に移り、「大御所」という名のもとに幕政の頂点に君臨する、という途方もない企てであった。

もちろん、定信はこの企みを断固として拒否した。拒否はしたものの、相手は将軍の実父である。力関係ではとうてい勝ち目がない。折りしも――幸か不幸か、朝廷から思わぬ問題がもち上がった。時の光格天皇が、実父・閑院宮典仁親王《かんいんのみやすけひと》に太上《だじょう》天皇の称号を贈りたい、と言いだしたのだ。

閑院宮家は世襲親王家のひとつである。『禁中公家諸法度』の条規によると、典仁親王は大臣の下位に座せねばならぬ。それを心苦しく思った光格天皇は、父親に太上天皇の尊号を宣下《せんげ》したいと、幕府に内議せしめたのである。

だが、これを認めれば、一橋治済の「大御所」尊号も認めざるを得なくなる。そこで定信は、皇位につかない私親を太上天皇とすることは名分をみだすとして、朝廷の要請を強硬にはねつけた。もちろん、定信の真のねらいは治済の大御所問題を拒否することにあったのだが、朝廷側がこれに猛反発したために、事態は紛糾した。世にいう「尊号事件」である。

結果は、定信の意図どおりになったが、この事件によって朝廷と幕府のみぞが深まり、定信と治済のあいだには決定的な亀裂が生じた。

「尊号事件」を契機に、当初から定信の老中起用につよく反対していた大奥勢力と、窮屈な節倹政治に不満をいだいていた閣老や旧田沼派たちが大連合し、寛政五年（一七九三）七月、定信を不意打ちの退職に追いこんだのである。

これは一種のクーデターである。少なくとも定信はそう思った。そして、それを指《し》嗾《そう》したのが一橋治済であることは、言を待つまでもない。

またしても定信は、権謀家・治済にしてやられたのである。


――光陰矢のごとし。

あれから三十年の歳月が流れた。その間に年号も寛政、享和、文化、文政とうつり代わっていった。

「早いものよのう――」

楽翁＝松平定信は、だれに語るでもなく、そうつぶやきながら、静かに三杯目の茶をたてはじめた。今度は自分がのむ茶である。

端然と茶をのむ楽翁の脳裏にさまざまな想いが駆けめぐった。

この三十年のあいだに時勢はめまぐるしく変わった。青年時代、荒廃した藩政を身を削る思いで建てなおした奥州白河も、いまは息子・定永の手をはなれて他領となっていた。松平家は、今年の三月伊勢桑名十一万石に転封されたのである。

——わしは一橋どのに負けた。

楽翁の胸にふかい感懐と無念の想いがこみあげてくる。

思えば、楽翁の人生の大半は、一橋治済の策謀に翻弄され、蹂躙されつづけた敗北と屈辱の歴史でもあった。

中央政界から身をひき、好きな読書と著述、和歌づくりの風雅な日々を送ってはいるものの、楽翁の脳裏から宿敵・治済に対する怨念・憎悪は消えていなかった。

その治済は、七十三歳になる今も健在である。いや健在どころか、治済の権力欲は老いてますます度を深め、十一代将軍・家斉の実父として幕府に隠然たる権力をふるう一方、水面下では天下を一橋家の血で埋めつくそうという、壮大な野望をひそかに進行させていたのである。

将軍家斉は生まれながらの好色漢であった。天保九年（一八三八）の記録によると、大奥に八百八十五人の美女をはべらせ、そのうちお手つきになった中臈は四十人を数えたという。家斉がうませた子は、男子が二十八人、女子が二十七人、あわせて五十五人の子をもうけたというからおどろきである。

そうやって将軍家斉に大勢の子をつくらせ、そのなかから容姿や資質のすぐれたものを他家に養子に出し、あるいは嫁に出して、一橋家の「血の版図《はんと》」を拡大してゆく――これが、治済が描いた壮大な野望であった。そしてその野望は着々と実行に移されていった。まず家斉の第四子・家慶《いえよし》を将軍家の世子として次期将軍の座を固めておき、第七子・敦之助を御三卿の一つ清水家にいれた。すでに田安家には治済の三男・斉匡《なりまさ》が入っているので、これで御三卿はすべて一橋家が乗っとったことになる。さらに十三子の峰姫を徳川御三家の水戸斉修《なりなが》に、十五子の斉順《なりのぶ》を紀州治宝《はるとみ》の養嗣子に、四十六子の斉温《なりはる》を尾張家にいれ、徳川御三家、御三卿の藩屏《はんぺい》をすべておのれの血で埋めつくしてしまったのである。

かつて尾張家と熾烈な将軍後継争いを演じ、大逆転の末に徳川宗家のあるじとなった八代将軍・吉宗は、おのれの苗裔《びょうえい》を後世にのこし、徳川の藩屏をおのれの血で固めるために御三卿を創設した。それと同じことを――いや、それ以上のことを一橋治済はやってのけたのである。天下は一橋家一色に塗りつぶされてしまった、といっても過言ではあるまい。

こうして我が世の春を謳歌する治済は、かつて権力奪取のために政争の具として利用し、その目的をとげるやボロきれのように切り棄てた田沼意次（すでにこの世を去っている）の四男・意正《おきまさ》を若年寄に登用した。

松平定信＝楽翁の報復人事によって、相良《さがら》藩の城地を没収され、奥州下村《しもむら》に転封させられた田沼家は、意次の孫や弟、遺児たちによって引きつがれてきたが、その孫や遺児たちもつぎつぎに早世し、最後に家督をついだのは、田沼家全盛のころの老中・水野忠友《ただとも》の養子となっていた四男・意正であった。意正は意次失脚とともに水野家を離縁し、田沼家に復籍していたのである。

治済は、その田沼意正を文政二年（一八一九）に若年寄に起用し、さらに四年後の今年（文政六年）、意正の相良帰封をゆるして、相良藩一万石の当主にすえたのである。

――田沼時代の再来を謀ったか。

楽翁は、そう読んだ。

その読みどおり、二年後の文政八年四月、田沼意正は側用人に登用され、十一代将軍家斉の側近として、幕政の中枢に列することになるのである。

田沼意正の起用は、それを機に旧田沼派や大奥勢力を結集して、将軍家斉の身辺に堅牢な堤をきずきあげ、田沼意次の重商業主義による自由奔放、享楽的な「田沼時代」の再来を図るための、いわば布石であった。

楽翁の目にそれが見抜けぬわけはない。つい先ほど、市田孫兵衛の問いかけに、

「あやつは蟻じゃ。一匹の蟻にすぎぬ。田沼の堤に穴をうがつもよし、屋敷の根太を食い荒らすもよし。蟻には蟻の流儀がある。好きなようにやらせておくがよい」

楽翁は、そう答えた。

「田沼の堤」とは、まさしく一橋治済が将軍家斉の周囲に築かんとしている「権力の堤」のことであった。

中央政界から追いやられ、一大名家の隠居の身となった楽翁には、もはや時の権力に立ち向かうだけの力も、それを支援してくれる人脈もなかった。だが、一橋治済にたいする憎悪と怨念だけは生涯消えることはない。その専横をゆるすことも断じてならなかった。

世を捨てし　わが身としても君がため　弓矢のみちは　何すてめやも

弓矢の道――すなわち、戦いの道はまだ捨てていない、という楽翁の決然たる意思がこの和歌《うた》にはこめられている。

処刑直前の町方同心・神山源十郎を死の淵から引きずりあげ、それを「蟻」に見たてて「権力の堤」に一穴を開けさせる――おのれの非力さを自嘲するような、どこか拙《つたな》ささえ感じさせる抵抗手段だが、徒手空拳の身となった楽翁の、それがせめてもの報復の矢であったのだろう。

（あの男は蟻か……）

孫兵衛は苦笑を禁じえなかった。その苦笑をグッとのみこんで、

（殿の道楽の一つと思えばよい）

静かに茶をのむ楽翁の、心とは裏腹におだやかな老顔を見つめながら、孫兵衛は胸のうちでそうつぶやいた。

4

漆黒の夜空に見事な満月がぽっかりと浮かんでいる。

路地を、初秋の夜風が寒々と吹きぬけてゆく。

そこは両国広小路の華やかな賑わいから一歩、路地裏にはいった、隠微《いんび》な灯りに彩られた場末の盛り場であった。

職人とも人足とも、破落戸《ごろつき》ともつかぬ、得体のしれぬ男たちがひっきりなしに行きかい、居酒屋の破れ障子からもれる焼き魚のけむりや、煮売り屋の煮汁のにおい、淫売宿からただよってくる安物の脂粉のにおいなどが、路地のすみずみに充満している。まともな人間なら、吐き気をもよおすほどの異臭であったが、幻十郎には、妙になつかしい臭いに思えた。

南町奉行所の定町廻り同心として役務に励んでいたころ、見回りをおえて帰宅する途中、しばしばこの盛り場に足をむけ、路地の奥の『彦六』という居酒屋に立ち寄って一杯やってゆくのが常だった。微禄の町方同心の、それが唯一の楽しみであり、息抜きでもあった。

幻十郎はいま、半年ぶりにその『彦六』を訪ねようとしていた。

茫々とのびた月代《さかやき》、額に太い二筋の傷痕《きず》、するどく吊りがった眉目、安物の黒木綿の着流しに一本差し――誰の目にも、すさみ切った食いつめ浪人としか映らぬだろう。

松平越中守の築地下屋敷の邸内の、楽翁の離れ屋を出て、蛎殻町《かきがらちょう》の『風月庵』に移り住んで三日目、幻十郎はふと思い立って、この街に足をはこんだ。なぜか急に『彦六』の酒が飲みたくなったからである。それに、自分の面貌風体がどれほど変わったか、試してみたいという気持ちもあった。

縄のれんを割って、店のなかに一歩踏みこんだとたん、汗くさい男たちの体臭や人いきれ、酒や肴の臭いがムッと鼻をついた。

一隅に空いた席を見つけて腰をおろす。

すかさず親爺が、いらっしゃいまし、と声をかけてきた。数年来のなじみの顔である。名は彦六――つまり、親爺は自分の名をそのままこの店の屋号にしてしまったのである。

彦六は、幻十郎にまったく気がつかなかった。ちらりと見せたぎこちない笑みも、一見《いちげん》の客にたいする形ばかりの愛想笑いである。

「酒をくれ。冷やで二本ほどな」

「へい」

声を出せば、あるいは気づくかもしれないと思ったが、やはり彦六は気づかなかった。

運ばれてきた酒を手酌で飲みながら、店のなかを見まわした。顔見知りの男が何人かいたが、だれも幻十郎には気づかなかった。気づいていれば挨拶の一つやふたつ飛んでくるはずである。

どうやら南町同心・神山源十郎の存在は、完全に娑婆から消えてしまったようだ。

妻を凌辱した男を叩っ斬り、その罪を問われて半年前に刑場の露と消えてしまった男——この世に存在するはずのないその男が、いま、この居酒屋の片隅で安酒をのんでいる。そう思うと腹の底から笑いがこみあげてくる。

「おい、おれだ。おれだ。おめえたち、この顔《つら》を見忘れたのか」

こっちから、そう声をかけてやりたいほど痛快な気分だった。

奥の席で、職人ふうの男がだらしなくよだれを垂らして眠りこけている。幻十郎は、眉をひそめて男を見やった。

この街のあちこちで、あの男のように口から泡をふき、よだれを垂らして無様に眠りこけている男たちの姿をよく見かける。彼らはただの酔っぱらいではない。阿片《あへん》の常習者である。

神山源十郎が、この界隈に阿片が出まわっているという情報を得たのは、十か月ほど前のことであった。調べてみると、たしかに阿片の密売人らしき怪しげな男たちの影が闇の奥にうごめいていた。しかし、追おうとすると、男たちはいつのまにか影も形もなく消えうせ、しばらくすると、またどこからか湧いて出てきた——まるで陽炎《かげろう》のように、追っても追っても男たちの実体はつかめなかった。そのあいだにも阿片常用者の数は激増し、阿片毒で行き倒れになった男たちの死骸が、溝《どぶ》に浮いていたり、路地にころがっていたりする光景を目にするのも日常茶飯事になっていた。

すでに、かなりの量の阿片が出回っているにちがいない。このまま放置しておけば、疫病のように江戸中に蔓延していくのは火を見るより明らかである。

源十郎は、必死に密売人の行方を追った。

やがて、探索線上に三人の男がうかびあがった。ひとりは地回りの勘八、ひとりは博奕《ばくち》打ちの仙蔵、もう一人は破落戸《ごろつき》の為吉だった。三人のなかで、源十郎が十中八九「黒」と踏んだのは勘八であった。

ある日の朝——といっても、まだ夜の明けやらぬ七ツ（午前四時）ごろ、源十郎は寝込みを襲って勘八を捕縛し、大番屋に連行した。

勘八から阿片を買ったという男の証言もあり、ごく微量だが、勘八の長屋から阿片の現物も押収した。この二つの事実を突きつければ、手もなく自白に追い込めるだろうと、源十郎は高をくくっていた。吐かせる自信もあった。

だが、勘八は、口を真一文字に引きむすんだまま、張り子の虎のように首をふるばかりで、ひと声も発しようとはしなかった。業を煮やして割れ竹打ちの痛め吟味もやった。背中の皮膚が裂け、裂けた傷口から血しぶきが飛び、その血をあびて源十郎自身も血まみれになるほど激しく打ちすえたが、それでも勘八は頑として口を割らなかった。

「しぶとい野郎だ」

さすがの源十郎も、勘八の強情さには手を焼いた。

「ま、いいだろう。牢に送っちまえば、おれの仕事はおわりだ」

小者にあとを頼んで、源十郎は奉行所にもどり、入牢証文の手つづきをすませて家路についた。勘八の身柄を小伝馬町の牢に送ってしまえば、あとは牢屋敷の吟味役人の手にゆだねるだけである。

小伝馬町の牢屋敷は、未決囚を収容するところであり、現代の拘置所のようなものであった。犯罪の嫌疑のあるものは、牢屋敷に送られ、ここで本格的な取り調べが行われる。

この時代の犯罪事実の認定は、被疑者の自白を得ることに主眼がおかれていたので、本人が自白しない場合は、自白を強制する手段がとられた。牢屋敷内の拷問蔵で「牢問」にかけられるのである。牢問とは、すなわち拷問のことである。

この拷問にかけられると、どんなに強情な被疑者でも、半刻（一時間）ももたず白状したという。

――勘八も、すぐ音《ね》をあげるにちがいない。

源十郎は、そう思っていた。

5

事態はしかし、思わぬ展開をみせた。

その晩、大番屋の仮牢で勘八が毒を服《の》んで自害したのである。くわしいことはわからないが、翌朝、源十郎は上役の同心から自害したとだけ聞かされた。おそらく着衣のどこかに毒物を隠し持っていたのだろう。着物の襟の縫い目や袖口、帯のあいだ――考えてみれば、微量の毒を隠す場所はいくらでもあった。それを発見できなかったおのれの迂闊さに、源十郎はほぞを噛んだ。

勘八が死んだことで、阿片の密売元を探る糸はぷっつりと切れてしまった。いまごろ江戸のどこかでせせら笑っているやつがいるにちがいない。姿なきその悪党のせせら笑う声が源十郎の耳にまとわりついた。

――かならず、そいつをあぶり出してやる。

御禁制の阿片を売りさばき、巨利をむさぼって、ぬくぬくと腹を肥やしている悪党がこの江戸のどこかにいる。そう思うとはらわたが煮えくりかえるほどの怒りがこみあげてくる。

源十郎は、かねて目星をつけていた第二の男・仙蔵の行方を追った。

ほどなく有力な情報が手に入った。浜町河岸の大槻《おおつき》山城守の屋敷に、仙蔵らしき男が夜な夜な出入りしているという。大槻山城守は公儀御使番、一千石の旗本である。

――博奕《ばくち》か。

旗本屋敷と聞いて、源十郎は、すぐにそれと察した。

旗本屋敷は、町方役人の手がおよばぬ治外法権である。そこに目をつけた中間が、博徒どもに中間部屋を提供し、半ば公然と賭場をひらいていた。博奕打ちの仙蔵は、その賭場に出入りしていたのである。

その夜、源十郎は頃合いを見はからって、浜町河岸の大槻山城守の屋敷にむかった。

時刻は二更――亥の刻（午後十時）を少しまわったころだろう。月明かりをたよりに神田堀にそって南に足を運ぶ。小川橋をすぎると、前方左手に大槻山城守の屋敷が見えた。

屋敷の門は固く閉ざされ、人声ひとつ聞こえてこない。河岸通りにも、人の往来はまったくなかった。時おり、犬の遠吠えがきこえてくる。

源十郎は、屋敷の裏手にまわった。裏門も固く閉ざされており、人の出入りする気配はなかった。いまごろ中間部屋の賭場は火を噴くような熱気につつまれ、盆の上をひっきりなしに駒札が行き交っているにちがいない。

源十郎は、裏門ちかくの赤松の老樹の根元に腰をおろし、賭場がひけるのを待った。

半刻ほどたったときである。

かすかに裏門の門扉が軋む音がして、ひとり、また一人と人影が出てきた。源十郎は息をころして闇に目をやった。その場所から裏門までは三、四間の距離である。おぼろげだが、屋敷から出てくる男たちの面体が確認できた。しばらくすると、四角ばった顔の男が出てきた。顔ばかりでなく、躰も蟹《かに》のように四角ばっている。

（やつだ）

あの顔と躰つきに見覚えがある。仙蔵にまちがいない。そう確信すると源十郎は、やおら立ち上がった。

門扉の間をすり抜けるように出てきた仙蔵は、四辺にするどい目をくばり、小走りに闇のなかに走り去った。

すかさず源十郎も追う。

大槻山城守の屋敷の築地塀を直角に左に折れると、さっき通ってきた神田堀の浜町河岸に突きあたる。

（あっ）

そこで源十郎は、思わず足をとめた。

仙蔵の姿が消えている。

(勘づかれたか)

一瞬、そう思った。尾行に気づいて、どこかに身を隠したのかもしれない。源十郎は、用心ぶかくあたりに目をやった。神田堀に沿った道は、ほぼ直線に南北に走っているので、見透しはきわめてよい。死角となるような場所も物もなかった。とすれば――、

(あの路地かもしれぬ)

神田堀をややさかのぼった、小川橋の東詰め付近に水野河内守の屋敷がある。屋敷の塀にそって右に折れる小路があった。仙蔵はその小路にとびこんで身をひそめたのかもしれない――と見るや、源十郎はダッと奔馳《ほんち》した。

小路にとびこみ、抜刀して、すばやくあたりを見まわした。

「仙蔵、隠れても無駄だ。出てこい」

かすかに闇がうごいた。

源十郎は、油断なく刀をかまえて闇を見すえた。よろめくように人影が接近してくる。

「仙蔵だな?」

源十郎がそう問いかけた瞬間、人影は丸太のようにばったりと倒れた。倒れた男の背中から血潮がしぶいている。

「仙蔵!」

とっさに男の襟首をつかんで引き起こした。四角ばった顔から血の気がうせている。男は仙蔵だった。すでに虫の息である。

源十郎は、反射的に四囲に目をやった。下手人とおぼしき人影も、それらしい気配もまったくなかった。あたりは何事もなかったように闇と静寂につつまれている。

（消されたか……）

源十郎は暗然と仙蔵の死に顔を見おろした。明らかに何者かがこの男の口を封じたのである。

それにしても何という手際のよさだ。仙蔵が勘づくまえに、下手人は源十郎の尾行に気づいて仙蔵を闇に葬ったのである。ということはつまり、大槻山城守の屋敷に張り込んでいたときから、源十郎の動きはすでに敵の目にさらされていたということになる。

（やつらは、おれの動きを逆に見張っていたか……）

そう思うと、源十郎の背筋にぞくっと冷たいものが奔った。

姿の見えぬ敵に、常に自分の行動が監視されているという状況は、目隠しをされて断崖絶壁を歩かされているような、底しれぬ恐怖感がある。

その恐怖感をいだきながら、源十郎は、第三の男・破落戸《ごろつき》の為吉の行方を追っていた。朝はやく八丁堀の組屋敷を出て、本所深川、両国広小路、柳橋にまで足をのばし、夕刻まで聞き込みに歩いた。おそらく、源十郎のその日一日の動きも、阿片密売組織の一味に洩れなく見張られていたにちがいない。

収穫は何もなかった。

七ツ半（午後五時）ごろ、数寄屋橋の南町奉行所にもどり、書類の整理や簡単な事務手つづきをすませて、源十郎は家路についた。

その直後に、妻の織絵が隠密廻り同心・吉見伝四郎に犯されるという事件が起きたのである。


（そうか――）

幻十郎は、猪口をもつ手をとめて、ふと虚空にするどい目をやった。

「おぬしの妻を凌辱し、その現場をおぬしに目撃させる。当然、おぬしはその場で吉見を斬り捨てるだろう。過去の例をあげるまでもなく、幕臣の刃傷沙汰は罪が重い。よくて遠島、悪くすれば切腹斬罪……、つまり、あの事件はおぬしをおとしいれるための罠、と考えれば何もかも平仄《ひょうそく》があう」

楽翁は、そういった。

（あれは罠だ）

阿片密売人の行方を執拗に追う源十郎に危機感をいだいた密売組織が、源十郎の動きを封殺するために仕組んだ罠、と考えれば、たしかにつじつまがあう。

いま思えば、大番屋の仮牢で毒をのんで自害した勘八の一件も、上司から詳しい事情を何も聞かされぬまま、「自害」ということで沙汰やみとなったが、真相はいまもって定かではない。

何者かが勘八の口を封じるために一服盛ったということも考えられるし、やる気になれば簡単にできることでもある。大番屋の小者を抱きこんで、晩飯に毒をまぜるだけでいいのだ。莫大な資金と組織力をもつ密売組織なら、そのぐらいのことはやりかねまい。現に、第二の男・仙蔵は、源十郎に捕縛される直前に何者かの手によって闇に葬られたのである。

そして——源十郎が第三の男・為吉の行方を追おうとしていた矢先、あの事件が起きた。あれが罠だとすれば、まさに神山源十郎は密売組織の手によって闇に葬られたことになる。

源十郎に斬られる直前、吉見伝四郎は、

「すまぬ」

と一言、本当にすまなそうな顔で、ぼそっといった。

——吉見は、密売組織にそそのかされて織絵を犯したのかもしれぬ。

とすれば、かなりの金で買収されたのだろう。金に目がくらんだ吉見の心のなかには、他人の女房を犯すぐらいなら——という程度の認識しかなかったはずだ。まさかその直後に斬り殺されるとは、当の本人は思ってもみなかったにちがいない。しかし、密売組織はそれを計算していたのである。

源十郎をこの世から抹殺するための、巧妙に張りめぐらされた罠《わな》の小道具として、吉見はその場で斬り殺されなければならない男だったのである。その意味で、吉見伝四郎もまた、阿片密売組織の被害者の一人といえた。

(どうやら、これで絵解きができた——)

幻十郎は、腹の底でそうつぶやきながら、火を噴くような目で虚空を見すえた。

「いらっしゃいませ」

不意に彦六のだみ声がひびき、縄のれんを割って、ふたりの男が入ってきた。その男に目をやったとたん、幻十郎は、思わず息をのんだ。

つい半年前まで、南町奉行所の同心部屋で顔をつきあわせていた定町廻り同心の田所誠之助である。もう一人は田所が抱えている岡っ引の辰吉であった。

第三章　羅生門河岸

1

一瞬、互いの目が合った。

まずい――と思った。だが、田所はチラリと幻十郎に胡乱《うろん》な目をむけただけで、すぐに視線をそらし、辰吉をうながして奥の席に腰をすえた。

「親爺、熱燗二本だ」

「へい」

「それに味噌田楽をくれ」

聞きなれた、田所の野太い声が背中ごしに聞こえた。幻十郎にはまったく気づいていない。怪しむ気配もなかった。幻十郎は、内心ほっと胸をなでおろした。

田所は、幻十郎より五歳年長の三十二歳である。豪放磊落な性格で、下の者の面倒見もよく、若手同心たちに兄のように慕われていた。幻十郎も、見習い同心時代に、田所には公私ともに世話になったものである。その田所が幻十郎の存在に気づいていない。

――本当に気づいていないのだろうか？

田所に無視されたことで、逆に幻十郎は疑心暗鬼になっていた。妙に気持ちが高ぶっている。その高ぶりを抑えるように猪口の酒をたてつづけにあおった。なぜこんなに他人の視線を気にしなければならぬのか、自分でもわからなかった。もしかしたら「神山源十郎」という過去の人間に、誰よりも固執しているのは、自分自身かもしれぬ。

幻十郎はそう思って苦笑した。

「ところで旦那」

背中ごしに岡っ引の辰吉の声がした。

「吉見の旦那のかみさんが吉原にいるって話は聞きやしたか？」

「志乃どのが！」

田所が素っ頓狂な声をあげた。

「岡っ引仲間のあいだじゃ、もっぱらの噂なんで」

「辰、本当か！　その話は」

「あっしも一度たしかめてみようかと思ってるんですがね。吉原に行くにはこっちのほうが――」

といって、辰吉は親指と人さし指で丸をつくった。

吉原にいく金がないというのだ。「それに……どこの見世《みせ》にいるのかもわからねえし、行きあたりばったりじゃ埒《らち》があきやせんからねえ」

「しかしなぜ志乃どのが吉原に――？」

二人のやりとりを背中ごしに聞いていた幻十郎も、おなじ疑問をいだいた。

志乃――幻十郎が斬り殺した吉見伝四郎の妻女である。以前、八丁堀の通りを、吉見夫婦が連れだって歩いているところを見かけたことがある。年は二十四、五ぐらいだろうか。武家の妻女にしては、どことなく男好きのする美形であった。

幻十郎の頭のすみに、そんな記憶がおぼろげに残っている。

「もともと、あの女は――」

辰吉が話をつづける。町方同心の妻を「あの女」呼ばわりしたところに、志乃にたいする辰吉の侮蔑の意がこもっていた。

「深川門前仲町で芸者をしていた女ですからねえ」

「ほう、志乃どのは芸者だったか。それは初耳だ」

幻十郎にとっても、それは初耳だった。奉行所でそんなうわさを聞いたことは一度もなかった。おそらく吉見は、そのことをひた隠しに隠していたのだろう。

「吉見の旦那のほうがぞっこん惚れこんで嫁にしたそうで――」

といって、辰吉は猪口に酒をついだ。

「で？」田所がじれったそうに話をうながす。

「あんなことがあってから、何もかもが狂っちまったんじゃねえんですか」

辰吉は、猪口の酒を舐めるように飲みながら、話をつづける。

「――亭主には死なれる、お組屋敷からはおん出される。住む場所もねえし、銭もねえ。せっぱつまった挙げ句、吉原に身を売っちまった……ま、大方そんなとこだろうと思うんですがね。芸者にもどるには、ちっとばかりとうが立ちすぎてるし」

「ふーむ。だとすると――」田所の声が急に沈んだ。「あわれな話だな」

志乃の境遇を心から哀れんでいる口調である。

背中ごしに聞き耳をたてていた幻十郎が、ふいに立ちあがった。田所と辰吉は、目もくれずに話し込んでいる。

「亭主、勘定してくれ」

「へい」

冷や酒二本分の勘定を払って、幻十郎はふらりと『彦六』を出た。

風がやんでいた。

路地には、あいかわらず人の波がうねっている。わずかな金で酒と女を求めて群れ集まってきた男たちである。なかには阿片の密売人を探し歩いているやつもいるだろう。この街には、法も秩序もない。あるのは薄汚い快楽だけだ。

奇妙なことに、幻十郎が歩をすすめるたびに人波がざっと左右に割れた。往来の男どもが、幻十郎の剣呑《けんのん》な風体を見て、おびえるように道をあける。彼らは本能的に危険を避ける知恵をもっているのだ。

路地をぬけて、表通りに出た。

おびただしい軒行燈《のきあんどん》の明かり。着飾った女たち。三味の音——さっきの裏路地の猥雑さとは、明らかに異質の、華やいだ賑わいがそこにはあった。

光の洪水のなかを、幻十郎は黙々と歩いてゆく。

——吉見の女房が吉原にいる。

さっきから、そのことが頭にこびりついていた。

織絵を凌辱した吉見伝四郎には、いまでも深い憎悪と怨みをもっている。だが、吉見の妻・志乃には、なんの怨みも憎しみもなかった。亭主の仕出かした不祥事のために、妻の志乃までが、身をひさがなければならぬほど零落したかと思うと、なんともやりきれない気持ちになってくる。

辰吉の話によると、あの事件のあと、不祥事の責めを負って吉見家は改易、八丁堀の組屋敷は召しあげになったらしい。

亭主に死なれ、住む家を失い、日々の糧《かて》をえるすべもなく、せっぱつまって吉原に身を売ったとすれば、田所ならずとも同情を禁じえない。哀れの一言につきた。

幻十郎は、ふと、

(志乃に会ってみたい)

そう思った。なぜそんな気持ちになったのか、自分でもわからなかった。

両国橋を東の本所側にわたり、入堀《いりぼり》に面した船宿に足をふみ入れた。

「吉原までやってくれ」

奥から船宿の女房が愛想よくでてきて、二挺立ちにしますか、と訊いた。「船頭を二人にするか」という意味である。気が急《せ》いて寸刻をおしむ吉原通いの客は二挺立ち、あるいは三挺立ちの猪牙舟にのるという。当然のことだが、ひとりの船頭が櫓《ろ》をこぐより舟脚ははるかに速く、それだけ料金も高い。三挺立ちの舟を仕立てるのは、たいてい大店の道楽息子たちで、俗に『勘当舟《かんどうぶね》』などとも呼ばれていた。

「いや、一挺でいい」

幻十郎が答えた。べつに急ぐ旅ではないし、秋の夜は長い。酔いざましにのんびり川風に吹かれるのも一興だろう。

桟橋に舟がつくと、船宿の女房はたばこ盆と火縄箱をもってきて、どうぞごゆっくり、と笑顔で舟を送りだした。

夜の大川を、猪牙舟はゆっくり遡行してゆく。ひっきりなしに往き来する猪牙舟や屋根舟の提灯の明かりが、蛍火のように闇のなかに揺曳している。

煙管《きせる》に二服目のたばこを詰め替えたときには、もう「首尾の松」をすぎて、吾妻橋の袂《たもと》にさしかかっていた。首尾の松、というのは、御蔵河岸《おくらがし》の入堀の突端に立つ枝ぶりの見事な松のことである。吉原通いの遊冶郎《ゆうやろう》が、この松の木の下に舟をもやい、遊女との首尾を語りあったのが、その名の由来だといわれているが、真偽は定かでない。この松をすぎると山谷堀までは、もうわずかな距離である。

正直なところ、幻十郎は吉原という場所へは行ったことがなかった。三十俵二人扶持の小役人が、めったに遊べるようなところではなかったし、ただ欲情をみたすだけなら、妻の織絵の肉体《からだ》で充分満足していた――というより織絵以外の女を抱く気にもならなかったので、外で遊びたいと思ったことは一度もなかった。しかし、吉原がどんな場所かは、うわさに聞いて知っている。

2

もともと吉原は、日本橋葺屋町《ふきやちょう》の東にあった遊廓だが、明暦三年の大火（いわゆる振り袖火事）で丸焼けになり、浅草日本堤千束村《せんぞくむら》にうつされて新吉原とよばれるようになった。二間幅の堀（俗に〝おはぐろ溝《どぶ》〟という）でかこまれた方形の敷地は、総坪数二万七百六十坪。享保十年の記録によると、吉原の人口は八千六百七十九人、そのうち女は遊女小女をあわせて三千九百七人いたという。江戸最大の歓楽街であった。

やがて猪牙舟は舳先を左にむけて大川から山谷堀にはいった。ややさかのぼったところで、船頭が櫓から水棹にもち替えて、

「へい、お待ちどおさま」

と舟を桟橋につけた。

幻十郎は、舟をおりると、土手道を北にむかって歩きはじめた。「日本堤」とよばれるこの土手道は、山谷から箕輪《みのわ》まで全長およそ十三町、道の両側には、よしず掛けの水茶屋が百六十軒ほど立ちならんでいる。

土手道をしばらく行くと、左手にゆるやかな坂が見えた。通称「衣紋坂《えもんざか》」。この坂が吉原の最初の入口である。衣紋坂を下って、五十間ほどいくと、正面に黒塗り板葺きの立派な冠木門《かぶきもん》が見える。吉原遊廓の唯一の出入口・大門《おおもん》である。

門のまえには帰りの客を待つ駕籠や、これから廓に入るのか、気もそぞろな男たち、廓番付や吉原細見を売る若い衆などがたむろしている。

大門をはいると、すぐ左側に面番所《めんばんしょ》がある。この番所には、町奉行所から派遣され

光らせている。

幻十郎は、大門をくぐると、ちらっと面番所に目をやった。今月は北町奉行所の月番なのだろうか。見知らぬ隠密廻り同心が番所のなかでうつらうつらと舟をこいでいた。

「旦那――」

ふいに背後から声がかかった。ふり向くと、丸顔の中年男が満面に愛想笑いを泛かべて立っていた。ずんぐりとした小肥りの男で、躰つきも達磨《だるま》のように丸々としている。切見世の客引き、牛太郎《ぎゅうたろう》である。

「どこの見世をお探しで？」

「志乃という女を探している」

「志乃？」牛太郎は小首をかしげた。「さあ、聞かねえ名ですねえ」

「もと八丁堀同心の妻女――」幻十郎は、牛太郎の手に小粒をにぎらせ、「といえば、あらかた見当がつくんじゃねえのか」

とたんに牛太郎の顔が、空気のぬけた紙風船のようにぐにゃりとくずれた。

「へへへ、ご案内いたしやしょう」

牛太郎に案内されたのは、吉原の東河岸、俗に「羅生門《らしょうもん》河岸」とよばれる一角だった。ここに足をふみ入れた客は、髷《まげ》をつかまれてむりやり見世にひっぱりこまれるので、その名がついたといわれている。

この界隈の遊女屋は「河岸見世」とよばれ、吉原でも最下級の女郎をかかえた見世が軒をつらねている。華やかな仲之町の通りにくらべると、軒行燈や提灯の明かりもまばらで、あたりは不気味なほど暗い。おはぐろ溝に面しているせいか、湿気をふくんだ夜気がどろんと淀み、饐《す》えた異臭が鼻をつく。

「あの見世です」

牛太郎が足をとめた。

羅生門河岸のどんづまり、黒助稲荷のすぐちかくの『あざみ屋』という見世であった。

「じゃ、ごゆっくり」

牛太郎が走り去るのと、ほとんど同時に、見世の中から猿のように小柄なやり手婆がとび出してきて、

「ささ、どうぞ中へ」

いきなり幻十郎の手をとって、なかへ引きこもうとする。

「この見世に、もと八丁堀同心の妻女だった女がいると聞いたが――」

「ああ」やり手婆が欠けた歯を見せてニッと笑った。

「綾乃《あやの》のことだね。あの妓《こ》はうちでも上玉だから、ちょいと値がはるよ」

そういって、ぬっと手をさし出した。

幻十郎は、その手に小粒を二つおいて中に入った。足をふみ入れると半坪ほどの土間があり、すぐ框《かまち》になっていた。その奥に小さな段梯子がある。

通されたのは、二階の四畳ほどの薄暗い部屋で、調度類はいっさいなく、襖のあちこちにやぶれ目があり、畳も赤茶けてけば立っている。灯油をけちっているせいか、行燈の明かりまでが仄暗く、部屋のなかには黴《かび》のにおいと淫臭の入りまじった嫌な匂いがただよっていた。

やり手婆が運んできた茶をすすっていると、破れ襖《やぶすま》ががらりと開いて、女が入ってきた。つぶし島田の髷《まげ》にうしろ差しのかんざし二本、弁慶縞《べんけいじま》に黒襟《くろえり》をかけた着物を、だらしなく着ている。顔は透けるように蒼白い。切れ長な目、鼻筋がすっと通り、唇はやや厚い。目鼻立ちのととのった美人だが、以前、八丁堀で見かけたときの志乃とは、別人のようにやつれていた。

「いらっしゃいませ」

志乃――いや、綾乃はそっけなくそういうと、行燈の笠をはずし、燈芯の炎で線香に火をつけて棚の香炉にさした。一本の線香が燃えつきるまでが「遊びの時間」らしい。

こういった見世で遊ぶ客は、ただ欲情をはき捨てるだけの、いわゆるチョンの間の客がほとんどである。

『守貞漫稿』に、

「房事二、三回におよぶ者は稀《まれ》、多くは一回なり。一回なるがゆえにここを往くを、一つ放しに往くなどと言うより、鉄砲と言うなり」

とあるように、河岸見世は一名「鉄砲見世」ともよばれていた。

綾乃は、幻十郎のかたわらにしどけなく腰をおろすと、いきなり幻十郎の着物の裾をひろげ、股間に手をさし込んできた。

幻十郎は、無言のまま、綾乃の顔を凝視している。

綾乃のしなやかな指が下帯を押しひらき、幻十郎の一物をつかみ出した。と見るや、綾乃はふいに上半身をくの字に折って、下帯のなかからつかみ出した一物を口にふくんだ。

「うッ」

幻十郎は思わず声を発した。綾乃のやわらかい舌が、そそり立った幻十郎のものを、付け根から先端にかけてゆっくりと撫であげてゆく。たちまち一物は鋼《はがね》のように硬直し、全身の血が一挙にその部分に流れこんで激しく脈うった。

稲妻のような快感が躰の芯をつきぬける。怒張した一物がいまにも炸裂しそうにぴくぴくと痙攣する。幻十郎は、たまらず綾乃の躰をおしやったが、一瞬、遅かった。屹立した一物の先端からドッと欲情が奔《はし》った。

綾乃は、畳に散った陰液をすばやく枕紙でふきとると、萎《な》えた幻十郎のものを指でつまんで、下帯のなかに押しこみ、

「どうします？」

　上目づかいに幻十郎を見た。まったくの無表情である。

　棚のうえの線香は、まだ半分ほどしか燃えていない。このまま遊びをつづけるか、と綾乃は訊いているのである。

　幻十郎は、ふところから小判を一枚とり出して、ポンと畳の上にほうり投げた。

「束ごと線香を買おう」

　綾乃は、けげんそうに幻十郎の顔を見た。

「買い切ってくれるというんですか？」

「一両分だ」

「そう」

　綾乃は、あいかわらず表情のない顔で、畳のうえの小判をひろいあげると、黙って部屋を出ていった。やり手婆と交渉するつもりだろう。

　ほどなく、もどってきた。

「お酒、召しあがります？」

「いらん」

「じゃ――」

　と綾乃は、部屋のすみに畳んであった薄っぺらな夜具を敷きはじめた。

「夜具もいらん」

「え」綾乃がふり向いた。

「話が聞きたい」

綾乃の表情が、はじめて動いた。見ひらいた目の奥に警戒の色が泛かんでいる。

「あんたの本名は――志乃」

「………」

綾乃は黙っている。おどろいた表情も見せない。自分の過去がこの界隈でうわさになっていることは、うすうす知っていた。そのうわさを聞いて、武家の女を一度抱いてみたいと、わざわざ名ざしでやってくる客もいる。幻十郎もその一人だろうと思っていた。

「南町奉行所隠密廻り同心・吉見伝四郎の妻・志乃……そうだな？」

幻十郎がかさねて訊いた。

（なぜ、それを――？）

綾乃の顔にかすかな動揺がはしった。そこまで知っている客はめったにいない。この見世に身を売ったとき、あるじや、やり手婆に根ほり葉ほり出自や身元を訊かれたが、亭主の名だけはかたくなに伏せていた。

「ご浪人さん――」綾乃が突き刺すような目で幻十郎を見た。

「何者なんですか？」

「おれは……織絵の兄だ」

そう聞いたとたん、綾乃は怯えるように後ずさった。膝頭がかすかに慄《ふる》えている。

「南町同心・神山源十郎の妻・織絵の兄……血をわけた実の兄だ」

綾乃は、凍りついたように全身を強張らせた。幻十郎が、とっさについた嘘を、まったく疑う気《け》ぶりもない。

「心配するな。あんたに怨みはない。あのことを責めようとも思っておらん。ただ、話が聞きたいだけだ」

「話？」

綾乃の顔に、ほんのわずかだが、安堵の色が泛かんだ。

「なぜ吉原なんかに――」

身を落としたのかと、幻十郎がおだやかな口調で訊いた。

3

「お金のためですよ」

やや間をおいて、綾乃がぽつりと答えた。答えてから、まだしばらくの間があった。

「うちの人があんなことになってしまって……吉見の家名は断絶、お組屋敷を追い出されたうえに、わたしに残されたのは借金ばかり。それも多額の――」

「借金？」

幻十郎が聞きかえした。

「あの人、阿片漬けになっていたんです」

今度は、幻十郎がおどろく番だった。

綾乃の話によると、幻十郎＝神山源十郎が阿片の密売人を追っていたちょうどそのころ、隠密廻り同心の吉見伝四郎も、ひそかに密売組織の内偵をすすめていたそうである。

ところが、吉見は深入りをしすぎた。

組織の情報を得る目的で末端の売人と付き合っているうちに、いつのまにか吉見自身が阿片の常習者になってしまったのだ。文字どおり、木乃伊《みいら》とりが木乃伊になってしまったのである。

「いつか、あんなことになるのではないかと、わたしも心ひそかに案じておりました」

「あんなこと」とは、織絵凌辱事件のことである。

「あの事件が起こるまえの晩、吉見は思いつめた顔で、大変な仕事をたのまれてしまったと、ひとりごとのようにつぶやいておりました。いま思えば、神山さまの奥さまにあのような無体な行いをしたことが、あのとき吉見がつぶやいた〝大変な仕事〟ではなかったかと」

（やはり）

と幻十郎は、思った。

密売組織によって阿片漬けにされた吉見伝四郎は、阿片欲しさに――あるいは阿片を買う金欲しさに、組織にそそのかされて、源十郎の妻・織絵を犯したのである。その陰湿な計略のうらに、どんな結末が待っているのか、おそらく阿片に冒された吉見には読めなかったのだろう。

その結果、吉見は斬られるべくして源十郎に斬り殺され、斬った源十郎は、その罪を問われて牢屋敷の刑場の露と消えた。密売組織にとって、邪魔者ふたりを同時にこの世から抹殺するための、まさしくそれは一石二鳥の罠だったのである。

――それにしても……。

幻十郎は、思う。

一度死んだ男が大手をふって娑婆をうろついている。その娑婆のかたすみで、吉見の妻・志乃は、生きながらに苦界という地獄に身をおいている。そして、その二人がいま、客と女郎という立場で相対している。地獄から現世に引きもどされた男と、生きながら地獄に墜《お》とされた女との、それは奇妙な邂逅《かいこう》であった。

「うちの人の身勝手さゆえに、神山さまの奥さまはご無念の死をとげ、ご主人の神山さまも厳しいご沙汰をうけてお亡くなりになりました。それを思うと、いまわたしがこのような境遇にあるのは、当然の報いなのです」

綾乃は、つらそうに目を伏せながら、しかし、自分の悲惨な運命を呪うでもなく、淡々とした口ぶりで語った。

（不憫な……）

幻十郎の胸に、切ないほどの傷みが奔った。他人を哀れむという感情が、これほどまでに痛みをともなうものかと、幻十郎は、このときはじめて知った。

「どうぞ、抱いてください」

卒然と、綾乃がいった。

「吉見があなたの妹さまにしたように、どうぞ、好きなように、わたしを辱《はずかし》めてください」

そういうや、綾乃は、弁慶縞の黒襟をおしひろげ、白い、ゆたかな乳房を両の掌《て》で抱えるようにして、にじりよった。

幻十郎は、ふっと目をそらし、

「何度もいうようだが、あなたに怨みはいささかもない。憎しみもない。話を聞かせてもらっただけで充分だ」

畳のうえの差料をひろって立ちあがった。綾乃は、引きとめようとはしなかった。

破れ襖をあけて段梯子をおりかけたとき、幻十郎は、背中に綾乃の、いや、志乃のすすり泣く声を聞いたような気がした。

4

幻十郎の寓居『風月庵』は、日本橋蠣殻町の桑名十一万石松平越中守の中屋敷からほど近い、雑木林のなかにあった。もとは白河藩の中屋敷詰めの藩士の、郎党《またもの》の住まいであったのだろう。かなり旧い茅葺きの、しかも、かなり傷みのひどい小屋敷であった。一言でいえば、あばら家である。この陋屋《ろうおく》を『風月庵』と名づけたのは、いかにも風流好みの楽翁らしい洒落《しゃれ》であった。

昼食のあと、庭先で木刀の素振りをしていると、市田孫兵衛が職人ふうの小柄な男をつれて庭に入ってきた。

「市田どの」

「このところ留守が多いな」

孫兵衛は、にやりと笑って、背後の男をふりかえった。

「おぬしの下働きの男だ。今日からこの家に住まわせる。何なりと使ってやってくれ」

「伊佐次と申しやす。よろしくお頼み申しやす」

伊佐次と名乗った、その男の顔を見たとたん、

――ただ者ではない。

幻十郎は、そう直観した。

「さっそくだが伊佐次、茶をいれてもらえぬか」

孫兵衛がそういうと、伊佐次は「へい」と答えて家のなかにとびこんでいった。

濡れ縁から座敷にあがると、

「いずれ、おぬしには見抜かれるだろう」

いきなり孫兵衛が切りだした。

「このさい本当のことを申しておく。あの男はもと盗っ人じゃ」

「ほう」

と、うなずいたものの、幻十郎の表情におどろきの色はなかった。

南町の同心をつとめていたころ、小悪党どもの顔はうんざりするほど見てきた。そのたぐいの男を見れば、すぐにそれとわかる目と勘も養ってきた。伊佐次を一目みたとき、ただ者ではない、と感じたのも、そうした勘が働いたからである。

「しかし、なぜそのような男を?」

幻十郎が訊ねると、孫兵衛は、話をせかすな、といわんばかりに首をふって、

「三月ほど前に京橋の商家に盗みに入ったところを、家人に見つかってな。駆けつけた町方に捕縛されて、人足寄場《よせば》に送られたそうじゃ」

小伝馬町の牢屋敷が、未決囚を収容する「拘置所」だとすれば、人足寄場は、無宿人や犯罪者の更生を目的とする「刑務所」である。石川島の六千三十余坪の土地に人足寄場が作られたのは寛政二年（一七九〇）、創設者は、ほかならぬ松平定信（楽翁）であった。

「楽翁さまが、ご自分でお作りになった施設ゆえ、石川島の人足寄場にはひとしおの思い入れがあってのう」

たまたま、楽翁が人足寄場の内情を調べていたところ、寄場に収容されている無宿人や科人《とがにん》の資料のなかに、伊佐次という変わり種の男を見つけたという。

「実はな――」

孫兵衛がいいかけたとき、伊佐次が茶盆をもって入ってきた。

「おう、ちょうどよい。そちも話を聞け」

孫兵衛は、運ばれてきた茶をうまそうにグビリとひと口飲んで、話をつづけた。

「この男、盗っ人稼業に手をそめる前は、北町の榊原の口問《くちど》いをしておったのじゃ」

榊原というのは、北町奉行所定町廻り同心・榊原平佐衛門のことである。幻十郎も顔だけは見知っていた。年は五十前後、去年の暮れ、心の臓の発作で急死したと聞いたが
――伊佐次が口問いをやめて、盗っ人稼業に手をそめたのは、それが遠因かもしれぬ。

孫兵衛の話を聞きながら、幻十郎は、そう思った。

ちなみに「口問い」とは、いまでいう「情報屋」のことである。

「楽翁さまは、むかしから密偵を使うのがお好きな方でのう」

孫兵衛がやや皮肉をこめた口調でいった。聞きようによっては、冗談めいて聞こえるが、それは事実である。

楽翁＝松平定信が、老中首座として幕閣に君臨していた寛政時代、雨あられのごとく発布した禁令や触れの実効を期するために、江戸市中に無数の隠密を放ったという。江戸のすみずみに伏在した隠密たちは、定信の意をうけて禁令違反者たちを仮借なく摘発したが、なかには袖の下をとって私服をこやすものもいた。そうした不正を監視するために、隠密にさらに隠密をつけたので、江戸市中は隠密だらけになった——という笑い話もある。


『孫（吉宗の孫＝定信）の手が　かゆいところに届きかね　足のうらまで　かき捜すなり』


松平定信の隠密政治を、痛烈に風刺した狂歌である。

楽翁の隠密好きは、将軍直属の公儀隠密「お庭番」を創設した祖父、八代将軍吉宗の血をひいたせいかもしれない。

「伊佐次をおぬしの手足に使《つこ》うたらどうかと、楽翁さまから突然相談をもちかけられてのう」

孫兵衛が、ふた口目の茶をすすりながら、チラリと伊佐次の顔を見た。

「さっそくある筋に手をまわして、人足寄場からこの男を引きあげたのじゃ」

「なるほど——」

幻十郎は、深々とうなずいた。

往年の政治力は影をひそめたものの、楽翁＝松平定信は、かつて将軍側近の老中首座をつとめた男である。牢屋奉行・石出帯刀に手をまわして、処刑寸前の幻十郎を地獄の底から引きあげた楽翁の力をもってすれば、人足寄場から伊佐次という小悪党を引きだすことぐらいは、朝飯まえであっただろう。

「ところで——」

二人のやりとりに耳をかたむけていた伊佐次が、ふと顔をあげて幻十郎を見た。

「旦那のお名前をまだうかがっておりませんが」

「おれの名か？」

「へい」

「おれは……、死神だ」

「えッ」と伊佐次が目をむいた。

「死神幻十郎――そう呼んでくれ」

「へ、へい」

目を白黒させる伊佐次を見て、孫兵衛がさも愉快そうに大口をあけて呵々と笑い、湯飲みに残った茶を一気にのみほして、

「では、たのんだぞ。死神」

いいおいて出ていった。それを見届けると、

「伊佐次、頼みがある」

幻十郎がいった。

「へい。なんなりと……」

「一っ走り、吉原に行ってもらえんか」

「吉原？」

伊佐次がいぶかしげに訊き返した。

「羅生門河岸の『あざみ屋』という切見世に、綾乃という女郎がいる」

幻十郎は立ち上がって、古簞笥の抽斗《ひきだし》から袱紗包みを取りだし、伊佐次の前で包みをひらいた。中身は切餅二個。当座の費用として孫兵衛から与えられた五十両である。

幻十郎は、その五十両のうち、三十両を伊佐次の前に差しだした。

「この金で、その女郎を身請けしてきてもらいたい。女には織絵の兄から頼まれたと、

それだけいえばわかる」

「へえ……」

伊佐次が釈然とせぬ顔でうなずいた。

「それと——」

幻十郎は、三十両の金子のうえに、さらに五両の金をおいて、

「これで貸家を捜して、その女を住まわしてやってくれ」

「へい……。じゃ、いってめえりやす」

三十五両の金をふところに押しこむと、伊佐次はひらりと部屋を出ていった。

幻十郎が、伊佐次にそれを頼んだのは、吉見の妻女だった綾乃（志乃）を自分の手で身請けすることに、いささかの抵抗があったからである。幻十郎の脳裏には、吉見に凌辱され、懐剣で喉をついて自害した妻・織絵のおもかげが、いまだに鮮明に焼きついている。吉見の妻・志乃には何の罪もないが、その志乃に救いの手をさしのべるのは、やはり心のどこかに後ろめたさがあった。

一方で、このまま志乃を見捨てておくわけにはいかぬ、という気持ちがある。なぜそんな気持ちになったのか、自分でもよくわからないが、一ついえるのは、もし吉見と自分の立場が逆になっていたら、妻の織絵が志乃のような悲惨な境遇になっていたかもしれない、という想いであった。

八ツ（午後二時）を少しすぎたころ、

「いってめえりやした」

伊佐次が、もどってきた。

「どうだった？」

「へえ。『あざみ屋』のあるじに三十両の金を突きつけてやったら、二つ返事で承知しやしたよ」

「女はどうした？」

「旦那の言伝てを伝えたら、最初は狐につままれたような顔をしてやしたがね。本当に落籍《ひか》されると知ったとたん、涙を流してよろこんでおりやした」

「そうか――」

志乃のよろこぶ顔が目に泛かぶようだ。

「で、家は見つかったのか？」

「へい。日本橋堀留町の井筒屋って質屋の離れを借りやした。手付けと家賃をはらって、残りの金で当面必要な家財道具を買いそろえておきやした」

「そうか。ご苦労だった」

伊佐次にねぎらいの言葉をかけながら、幻十郎は内心、この男は信用できる、と思った。主人にたのまれたことを忠実に実行するのは下僕としての当然のつとめだが、その当然のことができない人間が、世間にはごろごろしている。とくに盗み働きをしていたような小悪党は、主人だろうが仲間だろうが平気で裏切る。もし伊佐次がその手の小悪党なら、三十五両の大金を手にしたまま、二度とこの屋敷にはもどってこなかっただろう。いい意味で、伊佐次は幻十郎の期待を裏切ってくれたのである。

「旦那、一つ聞いてもよろしいですか」

伊佐次が、ためらうように幻十郎の顔を見た。

「なんだ?」

「旦那は松平越中守さまのご隠居さんの影目付だと、孫兵衛さんからそう聞かされやしたが、いってえどんな仕事をなさるんで?」

「いまのところ大した仕事はない。お前さんも、当分はぶらぶらしてるがいいさ」

「へえ」

伊佐次は、それ以上何も訊こうとはしなかった。

5

ぽっ。

行燈の燈芯に小さな明かりが灯った。

ほの暗いその明かりのなかに、綾乃の、いや、志乃の透きとおるように白い顔が泛かんだ。

伊佐次が用意してくれた、堀留町の質屋の離れの一室である。

部屋には、小さな簞笥や鏡台、火鉢、夜具など、当面の暮らしに必要な最低限の家財道具がそろっていた。古道具屋で購入したものだろう、いずれも使い古した安物ばかりだったが、志乃はその一つひとつに、人のやさしさと温もりを感じていた。あの薄暗い、じめじめとした切見世の一室で、男たちの快楽の道具として〝飼い殺し〟にされていた半年間が、まるで嘘のようであった。心の底から、生きている、という実感がこみあげてくる。

――でも……。

志乃の脳裏に、ふとあの男の顔がよぎった。織絵の兄と名乗ったあの浪人者は、吉見の妻だった自分に、なぜこれほどまでに、やさしい心づかいをしてくれるのだろうか。

「あんたには怨みも憎しみもない」

浪人はそういったが、仮にそれが本心だとしても、いや、そうであればなおさら、あの男と自分とのあいだには何の関わりもないはずである。あの男にとって「綾乃」という女は、場末の切見世で出会った、行きずりの安女郎にすぎない。そんな女に大枚三十両を払って身請けをし、しかも、住まいまで与えてくれる男が、この世知辛い世の中にいるだろうか。

そう考えたとき、志乃の頭に卒然と一つの答えが泛かんだ。

——あの人は、織絵さまの仇を討とうとしているのでは？

すでにあの事件から半年以上がたっている。事件の当事者である吉見伝四郎も、吉見に犯された織絵も、織絵の良人《おっと》・神山源十郎も、もうこの世にはいない。織絵の兄と名乗るあの浪人が、事件の真相を探るための糸口として、ただ一人残された吉見の妻・志乃に目をつけたのは、むしろ当然のことといえた。

織絵の仇を討つ、という目的のために、あの浪人が自分を利用しようとしているのなら、たとえそれがどんな過酷な要求であっても、心からよろこんで受け入れよう。

——どうせ、わたしは一度、地獄に堕ちた女なのだから……。

行燈の仄かな明かりを見つめながら、志乃は、ぼんやりそんなことを考えていた。


同じころ——。

幻十郎は、両国広小路の裏路地の、居酒屋『彦六』の店のかたすみで酒をのんでいた。半年まえに目星をつけていた阿片密売人のひとり、為吉がこの居酒屋に出入りしていると、風のうわさに聞いたからである。

〝神山源十郎〟があんな事件に巻き込まれなければ、為吉はとっくにお縄になっていなければならない男であった。為吉がお縄になっていれば、背後の密売組織も壊滅していたにちがいない。だが、現実には、その為吉も組織も大手をふって闇を跋扈《ばっこ》していた。彼らの暗躍をゆるしているのは、本気で取り締まろうという意欲も気力もない町奉行所である。源十郎が懸念していたとおり、いまや阿片は江戸中に蔓延していた。

——やつらとの闘いはこれからだ。

その闘いは、法権力と密売組織との闘いではない。彼らの手によって、一度闇に葬られた幻十郎の、孤立無援の私闘なのである。

三本目の徳利に手をつけたとき、幻十郎の目がするどく動いた。

髭面の、がっしりした体軀の男が、小脇に桐油紙《とうゆがみ》の包みをかかえてうっそりと入ってきた。庇《ひさし》のように張り出した額、薄い眉、かなつぼ眼、獅子っ鼻。幻十郎はその顔を忘れていなかった。男はまぎれもなく、為吉である。小脇にかかえた桐油紙の包みは、おそらく阿片だろう。

為吉は、戸口のそばの卓に腰をおろし、冷や酒を注文すると、まるで水でも飲むように一気にのみほして立ちあがった。すかさず幻十郎も立ちあがり、酒代を払って為吉のあとを追った。

一歩外に踏みだしたとたんに、夜風がひんやりと首すじを撫でていった。

為吉は、路地の雑踏を避けて、人けの少ない路地へと道をひろいながら足早にゆく。

その四、五間後方を、幻十郎がつかず離れずついてくる。

迷路のように入り組んだ小路を、右に左に曲折しながら歩をすすめていくと、やがて前方の闇に無数の明かりが見えた。手前に堀割があるらしく、地上の明かりが、暗い水面に漁火《いさりび》のようにゆらゆらと揺曳している。

薬研堀《やげんぼり》であった。

以前——といっても、五十年ほど前の明和年間のことだが、この堀は、両国橋の南から米沢町の南西をまわって、横山町にいたる大川の入堀（運河）であった。それよりもっと前は堀の幅もひろく、当時は御米蔵の船の荷揚げ場になっていたのだが、元禄十一年の大火で御米蔵が焼失したあと、明和八年に入堀の大半が埋め立てられ、いまは、その埋め立て地に、御家人や医者などが多く住んでいる。俗にこの界隈を「医者町」、埋め立て地に残った堀を「薬研堀」とよぶのは、そこに由来するのだろう。

堀の北西側の通りには、飲み食いを商う雑多な小店が軒をつらねていた。

為吉は、通りの雑踏を避けて、路地に足をふみいれた。人ひとりがやっと通れるほどの狭い路地である。路地の奥までどぶ板がしきつめられており、為吉が足を運ぶたびにギシギシときしんで、板の隙間から汚水がにじみ出た。

幻十郎は気取られぬように、路地角に身をよせて、為吉の姿を目で追った。

路地の奥にぽつんと小さな明かりが見える。「四つ目結び」の掛け行燈の明かりである。好事家《こうずか》なら、ひと目でそれとわかる『四つ目屋』――性具や媚薬などを商う、いまでいうポルノ・ショップ――であった。

為吉は、その四つ目屋にためらいもなく入っていった。

（踏みこむか）

一瞬そう思ったが、寸刻もたたず、為吉が出てきた。桐油紙の包みはもっていない。四つ目屋で売りさばいてきたのだろう。掌でチャリンと小判を躍らせると、為吉は身をひるがえして路地の奥に走り去った。とっさに幻十郎も路地にとびこんだ。どぶ板がガタガタと激しい音をたてる。汚水がとび散る。かまわず幻十郎は走った。一気に路地を走りぬける。

突然、視界がひらけた。一面に、すすきの穂が銀色の波を打っている。米沢町の火除け地に出たようだ。幻十郎は、すばやく四辺に目をやった。為吉の姿が、影も形もなく消えていた。

しゃり。

背後でかすかな音がした。

幻十郎は、反射的に地を蹴って、刀を鞘走った。背後の闇に黒々と人影がわき出た。二つ、三つ、四つ……。幻十郎は、油断なく目でかぞえた。総勢五人。いずれも浪人体の男たちであった。血に飢えた獣のように、殺気立った十個の眸《め》が、闇の中にギラギラと光っている。

「貴様、公儀の狗《いぬ》か」

ひとりが胴間声を発した。身の丈六尺あまりの巨漢である。その巨体に鬼瓦のように大きく、いかつい顔がのっている。

――この男が餓狼どもの領袖か。

と看《み》てとった瞬間、幻十郎は脱兎の勢いで突進し、鬼瓦の分厚い胸に刀を突き刺した。

ずぶっ。刀は、ほとんど鍔元まで突き刺さり、切っ先が背中にとび出している。間髪をいれず刀を引きぬくと、鬼瓦は地ひびきを立てて、巨木が倒れるように仰向けにころがった。胸の傷口から、泉水のように血しぶきが噴きあがっている。

反撃の間を与えず、幻十郎は、もう一人を袈裟がけに斬り倒した。

幻十郎の剣は、正統な流派をついだ刀法ではない。まったくの我流である。むろん町道場に通ったことはあるが、形ばかりの立ち合い稽古に見切りをつけて、すぐやめた。それ以来、ひとりで素振りの稽古をしながら、自己流の構え、間合い、呼吸、技を身につけたのである。

〝神山当流〟ともいうべき幻十郎の剛剣に、残る三人はたちまち戦意を失い、

「退け！」

算を乱して逃走した。

第四章　四つ目屋鬼八

1

浪人たちが闇に走り去る足音を背中に聞きながら、幻十郎は、刀の血しずくを払って鞘におさめ、何事もなかったように立ち去った。

どぶ板をしきつめた、さっきの路地にさしかかると、為吉が立ちよった四つ目屋の掛け行燈が目に入った。入口の油障子にほんのりと明かりがにじんでいる。

がらりと腰高障子を引きあけて、なかに入った。入るとすぐ二坪ほどの土間になっており、奥に板敷きの部屋があった。板壁一面が棚で仕切られ、そのうえに何やら怪しげな性具がならんでいる。いくつもの小抽斗のついた薬簞笥は、媚薬を収納するものだろう。

「いらっしゃいまし」

衝立のかげから、額の禿げあがった四十がらみの男が姿をあらわした。幻十郎を客とみたのか、警戒する様子はない。

（おや？）

男の顔を見て、幻十郎はけげんそうに眉字をよせた。どこかで見たような顔である。だが、思い出せない。

「長命丸をお求めで？」

男が、愛想笑いを泛かべて訊いた。

「長命丸」は、その名からして不老長寿の仙薬のように思われがちだが、実はちがう。情交のまえにこの薬を唾で溶いて、男のものに塗ると性的興奮が持続し、女を悦ばせることができるという、局部の麻痺・収斂の塗布剤なのである。このほかにも「帆柱丸」と称する内服薬がある。これを服用すると、男のものが帆柱のように元気に屹立するといわれている。

『目を四つ　よせて泣き出す　いい薬』

これから悪所にくり出そうという男たちは、かならず四つ目屋に立ちよって、長命丸や帆柱丸を買い求めていった。両国界隈には、この手の店がかなりあったという。幻十郎は、無言のまま棚にならんだ性具に目をやった。だが、見てはいない。見ているふりをしながら、男の素性を思い出そうとしているのである。

棚にならんでいる性具のほとんどは、張形などの女悦具である。材質は鼈甲《べっこう》や水牛の角《つの》、その形もさまざまで、鎧《よろい》形、なまこの輪、勢々《せせ》理《り》形、兜《かぶと》形などがある。大奥の女中たちが女同士で使うものは「互い形」、あるいは「千鳥形」といって、真ん中に鍔《つば》がついている。男根形のものは「男茎《おわせ》形」という。

「旦那、これなんかいかがでしょう？」

男がさし出したのは、革と天鵞絨《びろうど》で女陰を形どった、男が使う性具「吾妻形」であった。

（そうか！）

幻十郎の脳裏に、卒然と記憶がよみがえった。

（鬼八《きはち》だ）

父の源之助が、腎の臓の病で亡くなるまで、手先をつとめていた男がいた。名は鬼《き》八《はち》――いま幻十郎の目の前にいる男が、その鬼八であった。

南町奉行所定町廻り同心だった父は、岡っ引のほかにも、何人かの「手先」をかかえていた。鬼八もその一人だった。八丁堀の組屋敷には、めったに姿をあらわさなかったが、父・源之助は、厄介な事件が起きると、そのつど報酬を払って、この男に探索や聞き込みを依頼していた。いわば密偵のような存在である。

源之助が抱えていた幾人かの手先（密偵）のなかでも、

――鬼八が一番頼りになる。口が固いのが何よりだ。

父は、常々そういっていた。

その父が病没したあと、鬼八はぷっつりと消息を断ってしまった。消息が絶えて、かれこれ六、七年たつだろうか。幻十郎の記憶からも、鬼八の存在はすっかり消えてしまっていた。まさか、その鬼八が四つ目屋のあるじにおさまっていたとは……。

「旦那――」

鬼八が探るような目で幻十郎を見た。

「素見《ひやかし》はお断りですぜ」

うって変わって、鬼八は険しい表情でそういった。

幻十郎は、鬼八の顔を見返しながら、どう話を切り出したらいいものか、迷っていた。この店で阿片の取り引きが行われたのは、動かぬ事実である。しかし、その事実をいきなり突きつけたところで、鬼八が、さようでございます、と認めるわけはない。

――ならば、いっそのことすべてを打ち明けて……。

と思った瞬間、

「も、もしや、旦那！」

鬼八が、驚声を発した。

「源十郎さんじゃ……！」

いきなり図星をさされて、幻十郎は狼狽した。なぜわかったのだろう、という疑問がまっ先に頭をよぎった。

先輩の田所や、岡っ引の辰吉でさえ気づかぬほど幻十郎は変わっていた。それなのに、七年ぶりに会った鬼八は、寸刻の間に看破したのである。

「よくわかったな」

幻十郎は微苦笑を泛かべた。

「ずいぶんと変わられましたが……けど、むかしの面影はちゃんと残っておりやすよ」

「他人の空似ということもあるぜ」

「正直いって――」

鬼八が、ためらうようにいった。

「源十郎さんの幽霊が出たんじゃねえかと思いやしたよ」

「その通り。おれは幽霊だ」

幻十郎の冗談にも、鬼八は表情をくずさなかった。まだ半信半疑の顔である。

「鬼八、実はな……」

いいかけた幻十郎を、「ま、話は奥でゆっくり――」

鬼八は、手で制して、

「表の明かりを消してきやす」

草履をつっかけて出ていった。どうやら、今夜はこれで店じまいにするようだ。油障子に映っていた掛け行燈の明かりが、ふっと消えて、店のなかにも、ひそやかに闇がしのび込んできた。鬼八は、腰高障子にしんばり棒をかませると、

「どうぞ、おあがりなすって」

幻十郎を奥の部屋に案内した。


――鬼八が一番たよりになる。口が固いのが何よりだ。

生前、父が常々いっていたその言葉を信じて、幻十郎は、これまでのいきさつを一部始終うち明けた。

茶碗酒をあおりながら、鬼八は無言で耳をかたむけている。

「おれはもう、むかしの神山源十郎じゃねえ。地獄から舞いもどってきた死神だ。娑婆とのつながりはいっさい切り棄てた。だから、おまえさんも、昔のおれのことはきっぱり忘れてくれ」

鬼八が、のみかけの茶碗酒を畳のうえにおいて、ゆっくり顔をあげた。

「話はよくわかりやした。あっしも過去を棄てた男です。お互いに、昔のことは言いっこなしにしやしょう」

それを受けて、幻十郎は、

「さっそくだが——」

と話をきり替えた。

「為吉って野郎とは、いつからの付き合いだ？」

「今夜が二度目で……。野郎がはじめてこの店にきたのは、十日ばかり前でした」

「あの包みは、阿片だな？」

幻十郎がずばり、訊いた。

鬼八は、へい、とうなずいて立ち上がり、薬簞笥の小抽斗から桐油紙の包みを取りだして、幻十郎の前においた。為吉が小脇にかかえていたあの包みである。

「どうぞ。改めておくんなさい」

幻十郎は、手早く包みをひらいた。中身は麻袋である。袋のひもを解くと、なかに粒の粗い、茶褐色の粉末が詰めこまれていた。

阿片である。

幻十郎は、掌に袋をのせて重さを計った。二百匁（約七百グラム）はあるだろうか。

「こいつをいくらで買った？」

「野郎のいい値は十両……そいつを、七両に値切ってやりやした」

「それでも、ぼろい儲けだな」

「旦那――」

鬼八は、禿げあがった額を、申し訳なさそうに撫でながら、

「あっしも、そろそろ老い先を考えなきゃならねえ歳ですからね。金ですよ。金しか頼りになるものはねえんですよ、この歳になると」

自嘲気味につぶやく鬼八の顔には、深いしわがきざみこまれ、年齢よりはるかに老けて見えた。

「おまえさんを責めてるんじゃねえ。おれが知りてえのは、阿片の密売元だ……。そのことで何か心当たりはねえかい?」

「さあ――」鬼八は首をひねった。「世の中、すっかり変わっちまいましたからねえ。裏の世界も知らねえ顔ばっかりで……」

鬼八は、おのれの無力さを嘆くように、深く嘆息した。

幻十郎は、もう何も訊こうとはしなかった。鬼八は嘘をつくような男ではない。本当に何も知らないのだ。

「おれはいま、松平越中守さまの中屋敷ちかくの『風月庵』というあばら家に住んでいる。何か耳よりなネタが入ったら、知らせてくれ」

「へい」

「邪魔したな」

幻十郎は、差料をつかんで立ち上がった。

2

さんさんと雨がふっている。

小ぬか雨である。

時おり、雲の切れ間から薄陽がさし、一瞬やみそうな気配になるのだが、またすぐに雨脚が強まる——そんなうっとうしい天気が、十日ばかりつづいていた。

秋の霖雨である。

冷え込みもだいぶ厳しくなった。

『風月庵』の土間に面した板間には、囲炉裏が切ってある。その囲炉裏の火で暖をとりながら、幻十郎と伊佐次は昼間から酒をのんでいた。

ふいに土間の引き戸ががらりと開いて、

「死神、おるか」

孫兵衛が、傘の雨滴をはらいながら、入ってきた。

「市田さま……どうぞ、お上がりください」

伊佐次がすかさず迎えでる。

「おう、昼間っから酒盛りか――」

「一杯、いかがですか?」

幻十郎がすすめると、

「ふむ。酒は憂いを払う玉箒《たまははき》と申すからのう」

そういって、囲炉裏の前にどっかりと腰をおろし、

「もらおう」

猪口《ちょこ》を差しだした。

幻十郎が貧乏徳利の酒をつぐと、孫兵衛はごくりと旨そうにひと口のんで、

「それにしても、よう降るのう。陰気な雨じゃ。気がめいる」

ぶつぶつと独りごちた。

「で、御用のおもむきというのは?」

幻十郎が水をむけると、

「何かわかったか?」

いきなり孫兵衛が問いかけてきた。

「は?」

「おぬしを罠にはめた連中のことじゃ。それを探っておったのではないのか?」

幻十郎は返答をためらった。自分を罠におとしいれたのが、阿片密売組織であるこ

とは、すでに疑いのない事実である。だが、その実態は、いまだに何もわかっていない。手がかりすらまだ何もつかんでいなかった。

「そろそろ楽翁さまに、ご報告せねばならんでのう……。いや、わかっていることだけでよい。話してくれ」

「はあ」

幻十郎は、これまでの探索の経緯をかいつまんで説明した。

「ほう」孫兵衛の目が輝いた。「阿片の密売組織か……。それはおもしろい」

「おもしろい？」

幻十郎が、けげんな目で見返した。

「いかにも楽翁さまが愉びそうな話じゃ。そこを突っつけば、存外大きな獲物がとび出してくるやもしれぬ。鬼がでるか、蛇がでるか、楽しみじゃのう……幻十郎、もう一杯くれ」

猪口を突きだした。

幻十郎が、酒をつぐと、

「おもしろい話を聞かせてもらった。幻十郎、その仕事つづけてくれ。手かげんは無用。存分にやってくれ」

上機嫌にそういった。

徳利の酒が空になっている。

「伊佐次、酒をたのむ」

幻十郎が、空の徳利を差しだすと、それを制するように、

「わしはもうよい」

孫兵衛が手をふって、

「ところで、金はまだあるのか?」

唐突に訊いた。

「それが……」幻十郎は、言いよどんだ。志乃を身請けするために、三十五両の金を使ってしまった。そのほかに日々の生活《たつき》、聞き込みの費用などで、十両ほど消えていた。のこりは、わずか五両である。

「いささか心もとない有り様で――」

幻十郎が答えると、孫兵衛は、金の使い道を詮索するでもなく、

「そうか」

と鷹揚にうなずいて、ふところから十両の金子を取りだした。

「あいにく、これしか持ち合わせがないが、遠慮なく使ってくれ。おぬしたちの陰扶持は、後日とどける」

幻十郎の前においで立ち上がった。

伊佐次がすかさず履物をそろえる。孫兵衛は、土間におりて、傘を手にとり、

「馳走になった」

一言、礼をいって出ていった。

それを見送って、

「酒、つけやしょうか?」

伊佐次が訊いた。

「うむ。冷やでいい」

二人は、また囲炉裏端で酒盛りをはじめた。軒の庇板をたたく雨音が、やや弱まったような気がする。障子窓もかすかに明るんできたようだ。

「――やみそうだな」

幻十郎は、窓に目をやりながら、

「きのうは、どこへ行っていた?」

さり気なく訊いた。

「えっ」伊佐次の目がきょろりと動いた。明らかに狼狽の色である。

「きのうの、八つごろだ……。あの雨のなかを、どこへ行っていた?」

「で、ですから、その、ちょいと買い物に――」

「おれたちの間で、隠しごとはご法度だぜ」

幻十郎がいった。咎めるような口調ではない。おれに隠しごとをするのは、水臭いじゃないか、という程度の口ぶりである。

「申しわけありやせん」

伊佐次が、ぺこんと頭を下げた。

「実は……。志乃さんのことが気になって、堀留町の家に様子を見にいってきたんで」

「大方そんなことだろうと思ったぜ……。で、どんな様子だった?」

「家ぬし夫婦が、質屋の仕事を手伝わせたり、手内職の針仕事を世話してくれたり、なにかと親切に面倒をみてくれるんで、いまのところ暮らしに困らねえだけの稼ぎはあるようです」

「そうか――」

「あ、そうそう、志乃さんから言伝てを頼まれやしたよ」

「言伝て?」

「旦那に一度逢いてえと……、逢って、礼をいいてえと――」

「礼なんかいらねえさ。おれにはもう関わりのねえ女だ」

そうはいったものの、なぜかふっと志乃の面影が脳裏をよぎった。憂いをふくんだ透きとおるように蒼白い志乃の顔である。そして、なぜか胸の奥が熱くなった。

吉原の切見世で志乃の身の上に哀れみを感じたときの、あの感情とは、まったく異質の感情が胸の奥にあった。

幻十郎は、内心うろたえながら、

――おれには関わりのねえ女だ。

志乃の幻影をふり払うように、胸の底でもう一度つぶやいた。

3

夕方になって、雨がやんだ。

西の空に茜雲《あかねぐも》がたなびいている。

幻十郎は、伊佐次に留守をたのんで、ふらりと『風月庵』をでた。

べつに目的はなかった。十日間、雨にふられて『風月庵』から一歩も外に出なかったので、ひさしぶりに『彦六』で酒でも飲もうかと、ただそう思っただけである。

両国広小路には、いつもの賑わいが――いや、いつも以上の賑わいがあった。この十日間、雨にふられて家に閉じこもっていた男どもが、明かりに群れる虫のように、あちこちから湧いて出てきたのだ。

『彦六』も混んでいた。

幻十郎は、店の奥にひとつ空いた席を見つけ、冷や酒二本と和《あ》え物を注文して、腰をおろした。

彦六の女房らしき中年女が、徳利と小鉢を運んできた。

一本目の徳利を空けたとき、前の席のふたりの客が酒代をおいて出ていった。それを待っていたかのように、別の二人がすかさず座った。いずれも職人体の薄よごれた男である。

酒が運ばれてくると、二人の男は酒を酌みかわしながら、あたりはばからぬ大声で、他愛のない四方山《よもやま》話をはじめた。それが男たちの地声なのかもしれぬが、やけに耳ざわりな声である。

そのうち一人が、急に声を落として、

「為吉の姿が見えねえな」

ちらりと店内を見まわした。

「今夜、でかい取り引きがあるらしいぜ」

「取り引き？……どこで？」

「堀江町の堺橋のちかくと聞いた」

「へえ――」

幻十郎は、二人のやりとりを聞き逃さなかった。「為吉」は、幻十郎が追っていた売人の為吉にちがいない。「取り引き」というのは、阿片の密売のことだろう。

幻十郎は、猪口に残った酒をぐびりとあおり、酒代をおいて『彦六』を出た。そのとき、二人の男の顔にせせら笑いが泛かんだことに、幻十郎は気づかなかった。

堺橋は、東堀留川にかかる小さな橋で、日本橋の堀江町と新材木町をむすんでいる。東側の新材木町の杉森稲荷の角に、名物の和国餅《わくにもち》を売る店があったので、俗にこの橋は「和国橋《わくにばし》」ともよばれていた。

初更――午後八時ごろ。

東堀留川の河畔の道に人影はなく、あたりはひっそりと闇の底に沈んでいる。だが、まったくの闇ではなかった。月明かりが川面に返照して、川筋にほのかな光を散らしている。

幻十郎は、堺橋の西詰め、堀江町側の路地角に身をひそめて、じっと闇に目をこらした。きのうまでの長雨と、底冷えのする寒さが嘘のように、時おり、生ぬるい南風がそよいでくる。

小半刻もたったとき――堺橋の東詰めに忽然と人影がわき立った。かなり距離があるので顔は確認できないが、まず為吉にまちがいないだろう。

（案の定、現れやがったな）

幻十郎は、そう思って、内心にんまりとほくそ笑んだ。だが、この「案の定」が曲者だった。ことがうまく運びすぎている。

第一『彦六』に出入りする職人ふぜいが阿片密売人の取り引きの秘密情報を知って

いるわけがないし、その秘密情報を幻十郎の耳に聞こえるほど声高に話していたこと自体が、そもそも不自然なのである。

だが、幻十郎は、まったくそのことに気づいていない。それよりも、射程内に捉えた獲物をいかに捕獲するか、そのことで頭がいっぱいだった。この機を逃したら、もう二度と為吉を捕らえる機会はあるまい。そう思うと、全身に緊張感がみなぎる。

幻十郎が路地角から足を踏み出した瞬間、
ぱんっ。

闇の中で何かが弾けるような乾いた音がひびいた。同時に、幻十郎の首すじに焼け火箸をおしつけたような、熱い、激烈な痛みが奔った。

ぱんっ。二発目の銃声がひびいたとき、幻十郎の躰は地面をくるりと一回転して、路地角に跳んでいた。

三発目の銃声がひびいた。弾丸が幻十郎の顔をかすめて、背後の羽目板を撃ちぬいた。すばやく立ちあがり、路地の奥にむかって一目散に走った。

右首すじに鋭い痛みが奔る。さいわい弾丸《たま》は急所をそれて、わずかに首すじの肉を削いだだけであった。それでもかなりの激痛があり、出血もひどかった。

右手を傷口にあてながら、幻十郎は無我夢中で走った。走りながら、やっとそのことに気づいた。為吉は、幻十郎をおびき出すための囮《おとり》だったのである。『彦六』で、さり気なくその情報を流した職人体の二人の男も、密売組織の一味にちがいない。

幻十郎は、まんまと敵の罠にはめられたのである。

しかし、これでわかったことが一つあった。敵は、明らかに幻十郎に的《まと》をしぼってきたのである。神山源十郎や吉見伝四郎を闇に葬ったように、敵はいま、確かな意思をもって幻十郎をこの世から抹殺しようとしている。あの三発の銃弾は、敵が叩きつけた挑戦状であった。


どこをどう走ったのか、まったく憶えていない。気がつくと、堀留町の通りにいた。

足をとめて背後をふり返る。追ってくる気配はなかった。

ほっと胸を撫でおろした幻十郎の目に、商家の招牌《かんばん》がとびこんできた。

『志ちや・井筒屋』とある。

（ここが井筒屋か……）

この質屋の離れに、志乃が住んでいる。

幻十郎の胸に、奇妙な思いがこみあげてきた。伊佐次から『井筒屋』という屋号と、堀留町という町名だけは聞いていたが、その『井筒屋』が堀留町のどこの通りの何丁目にあるのか、くわしいことは何も知らなかった。

この界隈にはまったく土地勘がないので、探そうとしても、おそらく見つかるまい。

なのに――幻十郎は、いまその場所に立っているのである。

(奇縁だ……)

目に見えぬ力が、幻十郎をこの場所にいざなったとしか思えない。

手内職の針仕事をしていた志乃は、こんな夜中に、それも血まみれの姿で入ってきた幻十郎を見て、はじけるように立ちあがった。

「どうなされたのですか!」

「このちかくで破落戸《ごろつき》どもにからまれてな」

とっさに嘘をついた。

「ひどい怪我! さ、お上がりになって」

志乃は、すばやく火鉢の鉄瓶の湯を手桶にそそいで、手拭いをしぼった。

「心配はいらん。たいした傷ではない」

「いえ、はやく手当てをしなければ――」

志乃は、湯でしぼった手拭いで首すじの血をふきとった。傷口は一寸ほどで、そう深い傷ではない。塗り薬を塗ると、すぐに血はとまった。

「よかった……。血がとまりましたよ」

「すまん」

幻十郎が頭を下げると、志乃は、安堵するように微笑を泛かべた。志乃の笑顔を見たのはこのときがはじめてである。

吉原の切見世で見たときより、いくぶん頬がふっくらとして、透きとおるように蒼白かった肌にも、ほんのり赤みがさしている。ほとんど素面にちかい顔だが、切見世で見た厚化粧の顔より、はるかに艶やかな顔をしている。

幻十郎は、まぶしそうに目をそらした。

「お茶をいれましょう」

志乃が、鉄瓶の湯を急須にそそぎ、茶をいれてさし出した。

「おれが……、なぜここへきたか、わかるか？」

茶をのみながら、幻十郎が照れ臭そうに訊いた。

「さあ――」志乃は、首をすくめて笑った。うなじの後れ毛に得もいわれぬ色気がある。

「実をいうと、おれにもわからんのだ。気がついたら、ここにきていた」

「ご浪人さん」

志乃がのぞきこむように幻十郎の顔を見た。

「わたし、まだお名前をうかがっておりません。なんとお呼びしたらよいのか――」

「死神、と呼んでくれ」

「ご冗談を……」

志乃が、微笑《わら》った。幻十郎は黙っている。

「死神の旦那」

志乃が、いたずらっぽく呼びかけた。幻十郎があえて本名を名乗らないのは、〝照れ〟だろうと思った。そう思ったから志乃も冗談を返したのである。

「そう呼んでもいいいんですね」

「色気のない名だが、おれは気に入っている」

幻十郎も、冗談を返して、照れるように首をかいた。その手が傷口に触れて、たらりと血が流れおちた。

「あ、また、血が……」

志乃が心配そうににじりよった。

幻十郎が手の甲で血を拭おうとすると、志乃は、その手を払いのけ、いきなり首すじに唇をあてて、流れでる血を吸った。

志乃のかすかな息づかいと、やわらかい舌の感触が、傷口の痛みを忘れさせる。

「旦那……」

ささやくようにいって、志乃はそっと幻十郎の手をとり、自分の胸にすべり込ませた。掌にゆたかな乳房の温もりが伝わる。乳首が青梅のように硬直していた。

「抱いて……ください」

志乃が、切なげにいった。

「──────」

幻十郎は、答えない。

「わたしにできることは……、こんなことしかありません」

「おれは……そんなつもりで、ここにきたのではない」

「わかっています」

志乃が、すっと躰を離した。

「でも……、この体は、旦那に買われた体なんです」

そういうや、志乃は、手ばやく帯を解いた。はらりと着物がすべり落ちた。ためらいもなく襦袢を脱ぎすて、腰の物もはずした。

幻十郎の前に、一糸まとわぬ志乃の裸身がさらされた。均整のとれた豊満な肉体、白磁のように艶やかな肌、天鵞絨《びろうど》のような光沢の秘毛が、黒々と秘所をおおっている。

4

「抱いてください」

幻十郎の胸に、志乃の裸身がとびこんできた。そのまま二人は、折り重なるように畳の上に倒れこんだ。

われを忘れて、幻十郎は志乃の口を吸った。馥郁《ふくいく》とした女の香りが、幻十郎の口中にひろがる。

あっ。

志乃が小さな声を発した。

幻十郎の指が秘所に入ったのである。

秘毛の奥の花びらは、もう充分に潤んでいた。志乃は、狂おしげに四肢をよじりながら、幻十郎の着物をはいだ。下帯も解いた。

筋肉質のたくましい幻十郎の裸身に、志乃のしなやかな躰が蛇のようにからみつく。

幻十郎は、志乃のたわわな乳房を口にふくんだ。舌の上で硬くなった乳首をころころところがる。

「あ、ああ……」

志乃は、躰を弓のようにそらせ、右手を下腹部にのばして、幻十郎の屹立したものをつかんだ。それは熱く、固く、怒張し、烈しく脈うっていた。

志乃の指がもどかしげに幻十郎のものを秘所にさそう。

つるりと入った。

ああっ！　志乃があられもない声をあげた。

秘所の奥の肉ひだが波打っている。ときに絞りこむように、ときに包みこむように収縮しながら、幻十郎のものを無間《むげん》の桃源郷へいざなってゆく。

幻十郎は、責めた。獣のように責めた。

志乃を膝にのせて、下から激しく突きあげ、さらに躰を反転させて四つん這いにし、うしろから犬のように突いた。

「ああーッ」

志乃が、思わず声を発した。ほとんど悲鳴にちかい声である。目を半眼に見ひらき、四肢をぴくぴくと痙攣させながら、志乃は大きくのけぞって昇天した。同時に、幻十郎も果てた。志乃のなかで熱い粘液が炸裂した。

そのまま二人は忘我の底に沈んでいった。


盃を口にはこびながら、幻十郎は、厨《くりや》に立つ志乃のうしろ姿をぼんやり見ていた。あの豊満な肉体《からだ》も、着物を着ると意外にほっそりと見える。たったいま、あられもなく裸身をさらして狂悶していた志乃が、まるで別人のように、つつましやかに厨で働いている。

——吉見伝四郎にも、あのようなことをしたのか。

ふと、そんな思いが頭をよぎった。嫉妬に似た感情であった。その吉見は、源十郎の妻・織絵を犯した。そしていま、幻十郎は吉見の妻・志乃を抱いた。この奇妙なめぐり合わせは、いったい何なのだろう。

「何もありませんが――」

志乃が小鉢を運んできた。香ばしいにおいがただよってくる。焼き味噌だった。

「どうぞ」

志乃にすすめられて、幻十郎は焼き味噌をつまんで口にいれた。味噌に葱《ねぎ》と削り節と七味をくわえて焼いただけの、簡単な手料理である。

「うまい」

幻十郎がそういって舌鼓を打つと、志乃はうれしそうに顔をほころばせた。

「あんたも飲まんか」

「ええ」

幻十郎が、酒をついだ。

「わたし、大事なことを、いい忘れてました」

盃をかたむけながら、志乃がぽつりといった。

「あの事件が起きる前の晩……」

幻十郎は黙って志乃の顔を見た。あの事件とは、吉見が源十郎の妻・織絵を犯した事件のことである。

「一度奉行所からもどってきた吉見が、内密の仕事があるといって、五ツ（午後八時）

ごろ、出かけていったんです」

「内密の仕事？……で、行き先は？」

「確か、深川の満華楼《まんげろう》にいくと――」

その店の名は、幻十郎も知っていた。深川門前仲町で一、二といわれる料理茶屋である。客筋は富商、豪商、大身の旗本などの上流階級がほとんどで、たまには万石大名の殿さまが微行《しのび》でくるというほどの高級料理茶屋である。町奉行所の隠密回り同心ごときが出入りできるような店ではない。

「そこで誰かに会うと……？」

幻十郎が、訊いた。

「いえ、それ以上くわしいことは何も申しておりませんでした。でも――」

たぶん、そうだろうと思います、と志乃が言葉をついだ。

その晩、吉見伝四郎は何者かに『満華楼』によび出されたのだろう。そこで源十郎の妻・織絵を犯すようにそそのかされたに相違ない。その翌日に事件が起きたことを考えれば、確かに話のつじつまが合う。

――料理茶屋『満華楼』。

どうやらその店が、事件解明のとば口になりそうだ。

5

深川門前仲町――正しくは、深川富岡八幡宮門前仲町という。ちなみに永代寺は富岡八幡宮の別当である。

天保七年（一八三六）の江戸名所図絵によると、

『当社門前一の華表《とりい》より内三、四町が間は西側茶肆《ちゃや》、酒肉店、軒を並べて、常に絃歌の声絶えず、殊に社頭には二軒茶屋と称する貸食屋《りょうりや》などがありて、遊客絶えず、牡蠣《かき》、蜆《しじみ》、花蛤《はまぐり》、鰻《うなぎ》の類いをこの地の名産とせり』

とあるように、深川門前仲町は江戸有数の盛り場として殷賑《いんしん》をきわめていた。

料理茶屋『満華楼』は、鳥居をくぐって半町ほどのところにあった。居酒屋や茶屋、料理屋が軒をひしめくなかで、ひときわ大きな建物である。

『満華楼』のあるじは惣兵衛という。歳は四十五。商いにかけての才は深川一との評判が高いが、『満華楼』は惣兵衛一代できずいた店ではない。その基礎をつくったのは十年前に他界した先代の甚左衛門である。

田沼意次《おきつぐ》の重商業主義の政治が華やかなりしころ、惣兵衛の父・甚左衛門は、官位昇級、要路への登用など、猟官運動に狂奔していた役人たちの周旋屋——俗にいう「権門師」として身をおこした。権門師とは、平たくいえば、賄賂の仲介屋のことである。

『役人の子は　にぎにぎを　よく覚え』


川柳に詠まれるほど、当時は賄賂が横行していた。

「何人も金銀は命に代えがたいほどの宝である。その宝を贈ってもご奉公をしたいという者は、その志が上に忠であることは明らかである。その志の厚薄は、贈り物の多少にあらわれる」

田沼は、こう公言してはばからなかった。

役職によって賄賂にも相場が立ち、長崎奉行は二千両、目付は千両だったといわれている。

その賄賂の仲介役を果したのが「権門師」たちで、田沼の屋敷にこっそり賄賂を運ぶ駕籠を「権門駕籠」といった。

田沼意次の裏金づくりに大きく貢献した甚左衛門は、田沼が手がけたいくつかの公共事業にも参画し、田沼の政商として財を成していった。

田沼が手がけた事業の一つに、大川河口の中州の埋め立て工事がある。安永元年（一七七二）から四年の歳月をかけて、中州に九千六百七十七坪の埋め立て地を造成し、その広大な土地に大歓楽街をつくったのである。このとき、甚左衛門は造成地の一部を格安でゆずりうけ、料理茶屋『満華楼』を創業した。

その後、中州の埋め立て地には、茶屋九十三軒、男女入込《いれこみ》（混浴）湯屋三軒、見世物小屋、夜店、矢場などの娯楽場がたちならび、吉原に比肩する歓楽街として繁栄した。

やがて田沼が失脚し、松平定信が政権の座につくと、厳しい風紀取り締まりによって、中州の歓楽街はとりつぶされ、天明八年（一七八八）には、建物ばかりでなく、造成地の土までも取り除かれて、もとの川にもどされてしまった。

その間わずか十年、中州は田沼意次によって開発され、田沼の失脚とともに姿を消した、まぼろしの盛り場なのである。

中州の消滅とともに、店を失った甚左衛門は、それまでの蓄えで、深川門前仲町の茶屋を二軒買いとり、それを改築して現在の『満華楼』をおこし、十年前にこの世を去った。その跡をついで、二代目当主の座におさまったのが息子の惣兵衛であった。

『満華楼』が、阿片密売組織の根城になっているとは、にわかに断じがたいが、志乃の話から推測すると、一味の連絡《つなぎ》の場所になっている可能性はある――と読んだ幻十郎は、伊佐次に『満華楼』の探りを命じた。

幻十郎みずから、客をよそおって乗りこもうかとも考えたが、もし『満華楼』が組織の拠点であるとすれば、たちどころに見やぶられるにちがいない。幻十郎はいま、明らかに敵の標的にされているのである。

首すじの傷はほぼふさがっていた。痛みも、もうない。

囲炉裏の鉄瓶の湯を急須にそそいで、茶をのんでいると、玄関に足音がした。

「死神、おるか」

市田孫兵衛の声である。

「どうぞ」

幻十郎が声をかけると、ずかずかと廊下を踏みならして孫兵衛が入ってきた。

「おぬしたちの陰扶持をとどけにきた」

孫兵衛が、ずしっと重い金包みをおいた。幻十郎の分が三十両、伊佐次の分が十五両、月々の扶持としては充分すぎるほどの額である。

「わざわざ申し訳ございませぬ」

幻十郎が礼をいうと、孫兵衛は気にするなといわんばかりに手をふって、

「で、その後、どうなった？」

興味津々のていで幻十郎の顔をのぞきこんだ。

幻十郎は、孫兵衛に茶をさし出しながら、深川の料理茶屋『満華楼』に目星をつけたこと、そして伊佐次にその店を探らせていることなどを手みじかに話した。だが、志乃から情報を得たことは伏していた。あえて隠すほどのことではなかったが、相手は女であり、しかも吉原の切見世から身請けした女郎である。妙な勘ぐりをされては困ると思ったからである。

「満華楼か……」

孫兵衛も、その店を知っていた。というより、孫兵衛にとって、忘れられない名であった。

『満華楼』の先代のあるじ・甚左衛門は、楽翁（松平定信）の怨敵・田沼意次の政商として暗躍していた男である。楽翁が田沼政治の象徴ともいえる中州の歓楽街をとりつぶしたのは、田沼を資金面で支えてきた甚左衛門にたいする報復でもあった。そのへんの事情を、孫兵衛は知りすぎるほど知っていたのである。

「妙なめぐり合わせよのう。楽翁さまが政事から身をひかれて三十年。田沼意次どのの息子・意正《おきまさ》どのがまたぞろ幕閣に復帰し、意次どのの政商・甚左衛門の伜・惣兵衛が、またぞろ怪しげな動きをはじめた……。どうやら時の歯車が逆に回りはじめたようじゃ」

孫兵衛は深々と嘆息をもらした。

「しかし、阿片密売一味と『満華楼』との関わりについては、まだ調べがついておりませぬ」

幻十郎が、そういうと、間髪をいれず、

「おぬしは町方役人か」

孫兵衛が、いつになく語気を荒らげた。

「調べなど無用じゃ……楽翁さまもいっておられたぞ。おぬしは一度この世から消えた死びとだ。死びとに法はいらぬ。おぬしの存念ひとつで、疑わしきは斬って捨てろとな」

幻十郎は、思わず瞠目した。

疑惑だけで人を斬れとは、あまりにも乱暴な話である。

あのおだやかな楽翁が、しかも政事から身をひいたとはいえ、桑名十一万石の大名家の隠居が、天下の法を無視して人を殺せという。信じられないことであった。

だが、楽翁は確かにそういったのである。

花鳥風月を愛《め》で、和歌づくりにいそしむ文人・楽翁には、そのおだやかな風貌とは似ても似つかぬ、短絡的で残忍・狷狭なもう一つの顔が隠されていた。

それを裏付ける史料がある。

松平定信（楽翁）が、まだ溜間詰《たまりのまづめ》のころ、田沼意次の秕政《ひせい》を糾弾するために、将軍に差し出した意見書に、

『――別して近年紀綱相ゆるみ、さまざま恐入候事どもこれあり候に付、まことに志士の死をきわめ候処と存じ候、中にも主殿頭《とのものかみ》心中その意を得ず存じ奉り候に付、刺し殺し申すべくと存じ、懐剣までこしらへ申し、一両度まかり出候処、とくと考え候に――』

とある。

なんと定信は、田沼を懐剣で刺し殺そうと企てたのである。結局「とくと考え候」のすえ、田沼暗殺は思いとどまったが、「一両度まかり出候」というのだから、発作的なものではなく、明らかに計画的、かつ執念深い企みであった。これを見れば、楽翁が「疑わしきは斬り捨てよ」といったことも、納得がゆくだろう。

「よいか死神、おぬしは楽翁さまの懐剣なのじゃ。天下の定法で裁けぬものを、死びととなったおぬしが闇に裁く。それがおぬしの仕事なのじゃ」

孫兵衛は、一語一語嚙んでふくめるようにいい聞かせると、

「さて」

と立ちあがり、

「惣兵衛は、いずれ消さねばならんだろうのう」

独り言のようにつぶやいて出ていった。

孫兵衛が出ていって、小半刻ほどたったころ、伊佐次がもどってきた。

「何かわかったか？」

「へい。お察しのとおり、吉見伝四郎は何度か『満華楼』に出入りしていたようで」

「誰に会っていたんだ？」

「そこまでは、ちょっと……」

と伊佐次は首をひねり、

「吉見のほかにも、南町の役人が何人か出入りしてたそうですが、その一人の名めぇがわかりやしたよ」

「誰だ？」

「吟味与力の大庭さまで」

「大庭……？」

幻十郎の目がぎらりと光った。

大庭弥之助は、吉見殺害事件で〝神山源十郎〟の吟味を担当した男である。源牢屋敷の穿鑿所で、源十郎は二日間にわたって大庭の吟味をうけた。そのとき、源十郎は吉見殺害にいたる経緯をつつみ隠さず供述し、大庭もまた、それを誠実に聞きとってくれた。

「おぬしの話には大いに情状を酌むところがある。悪いようにはせんから、心配するな」

大庭は、二日間の吟味をおえると、源十郎を慰撫するようにそういって、奉行所にもどった。その言葉に、源十郎はかすかな期待をいだいていた。無罪放免とはいかぬまでも、せいぜい八丈島送りか、悪くしても武士の名分が立つように「自裁」の道を与えてくれるだろうと、そう思っていた。

ところが、結果は「斬罪」――沙汰を下したのは、むろん町奉行だが、奉行手限《てぎり》の裁きの場合、下調べの吟味与力の意見が審理に大きく影響する。極端にいえば、吟味与力の胸三寸で被疑者の罪科が決まる、といっても過言ではない。奉行はそれを申し渡すだけである。

とすれば、源十郎に「斬罪」の沙汰を下したのは、吟味与力の大庭弥之助ということになる。

なぜ「自裁」（切腹）でなくて、「斬罪」（打ち首）なのか？

その疑問が、いまようやく解けた。

大庭弥之助は、隠密回り同心・吉見伝四郎同様、阿片密売組織に買収されたのである。おなじ死罪でも、「切腹」は手続きや段取りに多少時間がかかるが、「斬罪」にすれば、即刻刑を執行できる。異例の早暁に刑が執行されたのも、一刻もはやく源十郎をこの世から抹殺してしまいたい、という組織の意向が働いたからにほかならない。

すべては組織に抱きこまれた大庭弥之助の策謀だったのである。

（そういうことか――）

幻十郎の双眸にめらめらと怒りが燃えたった。

第五章　伏魔殿

1

夕闇が静かに町並みを包みこんでゆく。

あちこちの軒端から、細い夕餉の煙が立ちのぼっている。ひしめく家並みは、町奉行所の与力や同心の組屋敷である。

見なれた八丁堀の町であった。

幻十郎は、この町で生まれ、この町で育った。八丁堀を網の目のようにはしる路地の一筋ひとすじ、組屋敷の一軒一軒、路傍の樹木一つひとつに、ここで暮らした二十七年間の思い出がきざみこまれている。

町の景色は、何ひとつ変わっていなかった。汐の香をふくんだ風の匂いも変わっていない。

だが、幻十郎の運命は、この半年間で大きく変わってしまった。もうこの町に、幻十郎の住む家はなかった。挨拶をかわし合う隣人も、親しく語り合う友も、酒をくみかわす朋輩もいない。彼らが消えたのではなく、幻十郎がこの町から消えたのである。

そう思うと、寂寞たる想いが胸にこみあげてくる。

石町の六ツ（午後六時）の鐘が鳴った。

寒々と夜風が吹きぬける。

もう半刻（一時間）あまり、幻十郎は、新場橋の西詰めの袂に立っていた。一日の勤めをおえて、家路をいそぐ町方の役人たちが、何人も幻十郎の前を通りすぎていった。ほとんどが顔見知りの男たちであった。だが、目ざす男は、まだ姿を見せない。

——その男とは、吟味与力・大庭弥之助である。

大庭の組屋敷は、幻十郎が住んでいた鍛冶町通りから、ひとつ北寄りの神保《じんぼう》小路にあった。帰宅の道すじとしては、必ず新場橋をわたるはずである。

人通りがぷつりと途切れた。

時の経過とともに、しだいに闇が深く、濃くなってゆく。

——宿直《とのい》ではあるまいな？

幻十郎の胸に不安がよぎった。

と、その時——楓川の河畔の道にぽつんと影が浮かんだ。幻十郎は、闇に目をこらした。

人影が、足早にこっちに向かってくる。継上下《つぎがみしも》姿、三十五、六の中背の武士である。町方同心の平常の装いは黒の巻羽織に着流しだが、与力は継上下（肩衣《かたぎぬ》と袴《はかま》が別々のもの）を着て出仕するので、その装いを見ればすぐ判別がつく。

武士は、大庭弥之助だった。それを確認すると、幻十郎は、何食わぬ顔で足を踏みだした。

幻十郎が行く。

大庭がくる。

二人の躰が交差した瞬間、いきなり幻十郎の手がのびて、大庭の襟首をすんずとつかんだ。

「な、何をする！」

仰天し、躰をひねってふり返ろうとする大庭を、襟首をつかんだまま、路地に引きずりこんだ。

「貴様、何者だ！」

怒声を発しながら、大庭は刀の柄に手をかけた。幻十郎は、すばやくその手を抑え、背中にまわして、ねじあげた。

「うッ」

「南町同心・神山源十郎を牢屋敷の刑場に送ったのは、貴様だな」

大庭は答えなかった。ねじあげられた腕の痛みに必死に耐えている。

「言え！　あの沙汰を下したのは、貴様なんだな！」

幻十郎は、さらに大庭の腕を高手にねじあげた。さすがに苦痛に耐えかねたのか、

「そ、そうだ……」

大庭がしぼり出すような声で答えた。

「誰にたのまれた？」

「き、貴様、何者だ？　なぜそんなことを……」

ぐりっと首をひねって幻十郎の顔を見た。

「訊いているのはおれだ。素直に答えろ。誰にたのまれた？」

大庭は、口を引きむすんで沈黙した。

「言え！」

幻十郎が、ぎりぎりと腕をねじあげる。

「おれの眉間の傷痕《きず》を見ろ。一筋は神山源十郎、一筋はその妻・織絵。ふたりの供養の傷痕だ」

大庭が、ねじあげられた腕の痛みに耐えながら、幻十郎の顔を見た。眉間に二筋の太い傷痕、眉と両眼が吊りあがり、鬼のような形相で射すくめている。

「うわッ」突然、大庭が悲鳴をあげた。ねじあげられた腕がグキッと鈍い音を発した。骨をひしぐ音である。

不意に河畔の道に足音がした。

「た、助けてくれーッ！」

大庭が、必死に叫んだ。

「狼藉者だ！　助けてくれ！」

その叫び声は、すぐ沈黙に変わった。幻十郎の刀が深々と大庭の脇腹を突き刺していた。大口をひらいたまま大庭の顔が硬直している。幻十郎の腕のなかで、糸の切れた傀儡《くぐつ》のように、大庭の躰がずるずるとくずれ落ちていった。

足音が接近してくる。幻十郎は、大庭の脇腹から刀を引きぬくと、くるりと背を返して足早に路地の奥へ姿を消した。

戌刻（午後八時）。

そこは——さながら光の海である。

窓という窓に、煌々と明かりが灯り、軒燈《のきび》や掛け行燈《あんどん》、提灯などが色とりどりの光をはなっている。

絶え間ない人の流れ、絃歌のさんざめき、脂粉の香り、嬌声——ありとあらゆる享楽が、ここには横溢していた。

深川門前仲町である。

『満華楼』の真向かいの水茶屋の二階で、幻十郎と伊佐次は酒をのんでいた。

「吐きませんでしたか？」

伊佐次が訊いた。

「うむ、すんでのところで邪魔がはいった」

幻十郎は、苦々しい顔で盃をかたむけながら、

「腕をへし折られても白状しなかったということは、大庭の背後にいる一味の存在がそれだけ大きいということだ」

「つまり、あとの祟《たた》りを恐れたってわけですね？」

「うっかり口を割ったら、てめえの命があぶなくなる。腕一本へし折られても、命には替えられんからな」

「けど……」伊佐次は、皮肉な笑みを泛かべた。「結局、やつは旦那に命をとられちまったんですから、どっちに転んでも助からねえ命だったんですよ」

「そういうことだ――」

幻十郎は、ふと手を伸ばして窓を押しあけた。通りをへだてた真向かいに『満華楼』の大きな建物があった。

意匠をこらした紅殻《べんがら》格子の窓、入口は唐破風《からはふ》の屋根、広い中庭があるらしく、屋根のうえから松の大樹が顔をのぞかせている。

「えらい繁盛ぶりだな」

「とびきりの女をそろえてるそうで」

「女?」

「へえ。料理茶屋とは名ばかりで、あの店の売り物は女だそうですよ」

「なるほど……。吉見伝四郎や大庭弥之助も、酒と女と金で骨ぬきにされちまったんだろうな」

つぶやきながら、幻十郎は『満華楼』にひっきりなしに出入りする客や女たちの姿を目で追っていた。

——あの店は伏魔殿だ。

『満華楼』の華やかな賑わいの裏には、阿片密売一味たちのドス黒い野望が渦まいている。吉見伝四郎や大庭弥之助、そして神山源十郎は、そのドス黒い渦に巻きこまれて、この世から消えたのである。

——一味の黒幕は何者なのか?

『満華楼』のあるじ惣兵衛にしては、いかにも人物が小さすぎる。おそらく惣兵衛は組織の歯車のひとつにすぎまい。その歯車を動かしている巨悪が、江戸の闇にひっそりと身をひそめている。

　――必ず、そいつの尻尾をつかんでやる。

　一刻（二時間）ほど張り込んでみたが、『満華楼』の動きにこれといって不審な様子はなかった。怪しげな客の出入りもない。

「そろそろ引き揚げるか」

「へい」

　幻十郎と伊佐次が、盃の酒をのみほして腰をあげた、ちょうどそのころ――。

『満華楼』の裏木戸が音もなくあいて、こっそり出てきた男がいた。あるじの惣兵衛である。表の賑わいとくらべると、裏手の路地は、不気味なほど静かで暗い。惣兵衛はすばやくあたりに目をくばって、小走りに闇に消えた。

　路地をいくつか曲がりくねった先に、ぽつんと提灯の明かりが見えた。店の油障子に『ももんじや』とある。猪、鹿、熊、狸などの獣肉を食わせる店である。煙抜きの窓から獣特有の嫌な臭いがながれてきた。

　引き戸を開けてなかに入ると、店の亭主が目顔で二階をこなした。惣兵衛は心得たように段梯子をあがっていった。

　二階の座敷で、三人の浪人が牡丹鍋《ぼたんなべ》をつっつきながら、酒をのんでいた。薬研堀で幻十郎を襲ったあの浪人たちである。

「忙しいので、用件だけを聞かせてもらいますよ」

座敷に入るなり、惣兵衛がせわしなげにいった。

「鏑木さんが殺されたぜ」

狐のように目の吊りあがった浪人が、箸をもつ手をとめて、こともなげに言った。

鏑木は、幻十郎に刺し殺された鬼瓦のような顔の巨漢である。

「なんですって！」

「すご腕の浪人者にやられた」

小肥りの浪人が、狐目に代わって言葉をついだ。

「浪人！……何者なんですか？　その男は」

「わからん」小肥りが首をふると、横合いから髭面《ひげづら》の浪人が、

「公儀の狗《いぬ》かもしれん。為吉の尻《けつ》をしつこく追いまわしてたぜ」

「公儀の狗、と申しますと？」

「目付の手の者かもしれんな」

「鏑木さんの仇を討とうと思ってな」

狐目が鍋の猪肉をつまみながら、一方の手で懐中から短銃を取りだした。

「これを使ってみたが、まんまと逃げられた。いずれにしても、やつはただ者じゃな

い。しばらく取り引きは控えたほうがいいぜ」

「そうですか――」

　惣兵衛は、思案顔で、

「ついでと申しては何ですが、お三方にお願いがございます」

　紙入れから五両の金子をとり出して、三人の前においた。

2

　川面《かわも》に映えた灯影《ほかげ》が障子窓に返照して、ゆらゆらと縞模様を描きだしている。

　そこは大川端の富商の別邸か、寮とおぼしき家の広間のようだ。

　部屋のたたずまいはひどく異様である。床一面に真っ赤な毛氈《もうせん》がしきつめてあり、一隅には虎の皮の敷物、そのうえに精緻な細工をほどこした紫檀《したん》の円卓と同じ紫檀の椅子が二脚、床の間には山水の唐絵《からえ》の掛け軸が一幅かけられている。

　異様なのはそれだけではなかった。部屋の四隅の柱に赤、青、黄、緑の四色のほのかな明かりを灯した網雪洞《あみぼんぼり》と、床にひとつ、紫色の薄絹を張った茶屋雪洞がおいてある。

　妖しげな五彩の薄明かりの中に、女の白い裸身が浮かんでいる。髪の長い、二十歳《はたち》そこそこの若い女である。躰は小柄だが、胸や腰、太股にはむっちりと肉がついている。よく見ると、女は両手首を革ひもで縛られ、天井の梁《はり》から吊るされている。

女の下腹部に、全裸の男が顔をうずめている。でっぷり肥った巨躰、ぬめぬめと脂切った大きな背中、尻には熊のような剛毛が密生している。歳のころは四十二、三か。旗本風の中年の侍である。

侍は、女の秘所に顔をおし当て、その部分を執拗に舌でねぶっている。舌が動くたびに、女はわけのわからぬ声を発して身をよじらせている。泣いているようでもあり、喜悦に悶えているようにも見える。

侍が顔をうずめている部分は、幼女のようにつるりとしている。が、剃っているわけではない。もともと無毛の女なのである。しかも、女の足は、赤子のように異常に小さい。いわゆる「纏足《てんそく》」である。

「ああ、い、いけない。殿さま……」

女がぎこちない言葉を発した。

この女、実は、唐人である。名は華栄《かえい》、日本の源氏名をお栄という。

全裸の侍は、勘定奉行・萩原摂津守義典《せっつのかみよしのり》。幕府の要職にある男である。

萩原は、お栄の秘所から臍《へそ》へ、臍から胸へとゆっくり舌を這わせながら、下唇で乳房をおしあげるようにして、がぶりと口にふくんだ。

「あッ、ああぁ……」

お栄は、叫声を発して、悶えるように身をよじった。両手を革ひもで吊るされているので、ほとんど爪先立の恰好である。萩原が乳首を吸うたびに、お栄の裸身が振り子のように揺れた。

「わ、わしも、もう我慢がならぬ！」

萩原は、呻くようにいって、おのれの股間に手をのばし、いきり立った一物を指でつまむと、いっぽうの手でお栄の片脚をかかえあげ、ずぶりと挿しこんだ。

「ああっ」お栄が悲鳴をあげた。萩原の腰が激しく律動する。

「ああ！……だ、だめよ。殿さま！」

「ふふふ、わめけ。もっとわめけ」

萩原の顔に、嗜虐的な笑みが泛かぶ。

両手を革ひもで吊るされ、両脚を萩原に抱えられたお栄は、まるで鐘楼の鐘のような姿であった。萩原がズンと撞くと、お栄の尻が大きく揺れ、革ひもがギシギシときしむ。

「ああッ、ああー、ああーッ」

手首に食いこんだ革ひもの痛みと、下から突きあげてくる激烈な快感に、お栄は身をよじって狂悶しながら、わけのわからぬ言葉とけたたましい悲鳴を発しつづけた。

お栄の淫《みだ》らな叫声は、障子窓をつきぬけて表の闇をも裂いた。

垣根ぎわの闇だまりで、その声にじっと耳をかたむけている三つの黒影があった。

先刻の三人の浪人たちである。

ちっ。狐目の浪人が舌打ちをしながら、首を突き出して垣根ごしに家を見やった。

障子に雪洞の五彩の薄明かりが妖しげにゆれ、異常な姿で媾合《まぐわ》う萩原とお栄の影が映っている。

「いい気なものよのう」

小肥りの浪人がいまいましげにつぶやいた。

屋内の男女の狂宴は、いつ果てるともなくつづいている。


同刻――。

小石川御門にほど近い飯田町の、とある大名屋敷の門前に、一挺の町駕籠がひっそりととまった。駕籠からおり立ったのは、焦茶の羽織に茶の紬姿の惣兵衛であった。

門番所の格子窓に人影がよぎり、すぐにくぐり門があいた。門衛にぺこりと頭を下げて、惣兵衛は足早に門内に姿を消した。

寸刻後――屋敷の奥書院に、対座する二人の男の姿があった。一人は惣兵衛である。

もう一人は恰幅のよい初老の武士。若年寄・田沼意正《おきまさ》である。

三十年前、権勢をほしいままに幕政を壟断《ろうだん》し、賄賂政治の権化と悪評された老中・田沼意次の四男・意正と、意次の政商として財を成し、深川門前仲町一といわれる『満華楼』をおこした甚左衛門の倅・惣兵衛とが、こうして親しげにあっている図を見ると、市田孫兵衛がいみじくもいったように、まさに「時の歯車が逆にまわりはじめた」感がある。

「公儀目付が動いている？」

意正が、けげんそうに聞きかえした。

「確かなあかしはございませぬが、聞くところによりますと、何やら得体の知れぬ男が手前どもの身辺を探っているとの由。仮に、その男がご公儀お目付さまの手の者であるとすれば、田沼さまのお力添えをいただいて、ぜひお差し止め願いたいと、夜分をわきまえず参上いたしました」

「さようか……。しかし惣兵衛、公儀目付がそのような動きをしているとは、わしの耳にはいっさい届いておらぬぞ」

若年寄の支配下、公儀目付は、旗本御家人を監察・糾弾するのがおもな職掌である。その配下には、隠密・探索役の徒目付《かちめつけ》や小人目付《こびとめつけ》、徒押《かちおさえ》、黒鍬頭《くろくわがしら》、表火之番などがおり、若年寄の耳目となって働いている。目付配下が、阿片密売組織の探索に動いているとすれば、当然、意正の耳にも入っていなければならない。

（もしや……）

一抹の疑念が、意正の脳裏をよぎった。

物兵衛の周辺を探っている男が、公儀目付でもなく、町奉行所の探索方でもないとすれば、考えられるのは一つしかない。

（楽翁どの、か……）

楽翁＝松平定信は、むかしから隠密好きで知られている。中央政界から身をひいたとはいえ、楽翁は、いまでも田沼一族に怨みと敵意をいだいている。ひそかに市中に密偵をはなち、若年寄・田沼意正の私曲をあばこうとしているのでは――。

意正は、そう思ったが、口には出さなかった。

「物兵衛、例の商いは、しばらく差し控えたほうがよいぞ」

「はあ」

「その得体の知れぬ男の素性については、目付どもに調べさせよう」

「よろしくお願い申しあげます」

物兵衛は、丁重に頭を下げ、ずっしりと重量感のある袱紗《ふくさ》包みを、意正の前に押し出した。

「些少ではございますが――」

中身は金子である。それもかなりの額と見える。切餅四個、百両は下るまい。

意正への献金は、もちろんこれが初めてではない。すでに二千両あまりの金が、意正の手にわたっていた。

「一橋さまは、欲のふかいお方でな」

袱紗包みを引きよせながら、意正が弁解がましい笑みを泛かべた。一橋というのは、将軍家斉《いえなり》の実父・一橋治済《はるさだ》のことである。

そういう意正も、治済に負けず劣らず強欲な男である。将軍実父の一橋治済に多額の賄賂・音物《いんもつ》を贈り、「若年寄」のもうひとつ上、つまり「老中」の座を、意正は虎視眈々とねらっているのである。

「いまより、もう一つ上を望むには、何かと金がかかるでのう」

「それは、もう重々……」

惣兵衛が、揉み手せんばかりに追従《ついしょう》笑いを泛かべた。

「田沼さまがご出世なされば、手前どもの商いにも、また一段とはずみがつきます。たいしたお役には立てませぬが、今後とも一つよしなに……」

惣兵衛は、畳に手をついて、深々と低頭すると、人目につかぬうちにといって、早々に屋敷を退出した。

3

空は、雲ひとつなく晴れわたっている。

風もなく、暖かい陽ざしが降りそそいでいる。晩秋のこの季節にはめずらしい、小春日和の天気であった。

深川蛤町《はまぐりちょう》の川魚料理屋『魚清』の親爺は、夜明けとともに大川に舟を出し、下流の松平下総守の下屋敷ちかくの川瀬で、投網《とあみ》を打っていた。しかし、この日はまったくの不漁であった。

午《ひる》ちかくまで網を打ったが、かかるのは雑魚《ざこ》ばかりで、親爺がねらっている鯉や鮒《ふな》、鯰《なまず》などの大物は一匹も網に入らない。

そろそろ切りあげようかと、あきらめて投網をたぐりあげた瞬間、ずしりと手ごたえがあった。

（きたぞ！）

よろこび勇んで網をたぐりあげた親爺の顔が、突然、ゆがんだ。網の中で何かがゆらゆらと揺らめいている。さらに引きあげて見ると、それは若い女の死体であった。

「ギャッ」

親爺は、奇声を発して腰をぬかした。

女の死体は、お栄（華栄）である。


「旦那、夕餉《ゆうげ》の支度がととのいやした」

うたた寝をしていた幻十郎は、伊佐次の声に目をさました。

囲炉裏端に夕食の膳部がしつらえてある。幻十郎は、のっそりと起きあがって、板間に足をはこび、膳の前に腰をおろした。膳には炊きたての飯と味噌汁、煮魚、それに香のものがのっている。

伊佐次という男は、何をやらせても器用な男である。とくに、若いころ神田の小料理屋で板前の修行をしていたというだけあって、料理の腕前は、玄人はだしである。

「うまそうだな」

幻十郎が、目を細めた。食してみると、実際、うまい。飯の炊き具合もいいし、味噌汁、煮魚の味付けも中々のものだ。

二人が夕餉を食べおえた。ちょうどそのとき、

「ごめんくださいまし」

玄関で声がした。

「こんな時分に誰ですかね」

不審げに立ち上がろうとする伊佐次を制して、

「おれが出る」

幻十郎が立ちあがった。

玄関に出てみると、鬼八《きはち》が三和土《たたき》に立っていた。

「おう、鬼八……」

「ちょいと旦那のお耳に入れておきたいことがありやして」

「そうか。ま、あがれ」

鬼八をうながして、板間にもどる。

けげんそうに見る伊佐次に、

「両国薬研堀《やげんぼり》の四つ目屋のあるじ鬼八。むかしからの付き合いだ。おれのことは何もかも知っている」

と、鬼八を伊佐次に紹介し、

「で、話というのは？」

用件を訊いた。

「旦那のお役に立ちてえと思いやして、あれからずっと為吉って野郎の居所を探してたんですが、ようやくわかりやしたよ。野郎の家《やさ》が」

「そうか」

「本所亀沢町の治兵衛長屋です」

「鬼八、そいつは耳よりなネタだ。礼をいうぜ」

「どういたしやして。それと、もう一つ……」

「まだ、あるのか？」

「今朝、大川で若い女の土左衛門があがりやした」

「女？」

「門前仲町の『満華楼』って料理茶屋の、お栄って女です」

『満華楼』の名を聞いたとたん、幻十郎と伊佐次は、思わず顔を見かわした。

お栄は、昨夜、大川端の某所で勘定奉行・萩原摂津守と痴態を演じていた。あの唐の女である。

「今度の一件と何か関わりがあるとでも？」

「へえ。そのお栄って女は、半年ほど前に為吉が長崎から連れてきた唐の女だそうですよ」

「そうか……」

それで話の筋が通った。お栄という唐人女を介して、阿片密売人の為吉と『満華楼』が一本の線につながったのである。

幻十郎は、古簞笥の抽斗《ひきだし》から小判を二枚とり出し、鬼八の前においた。

「そのネタを、ひとつ一両で買わせてもらうぜ」

「旦那、金なんて――」

戸惑うように、鬼八は手をふった。

「受けとってもらわなければ困る。たぶんこれからも、おまえさんには世話にならなければならんだろう。さ、おさめてくれ」

「へい」

じゃ遠慮なく、と鬼八は金子をふところにしまい、

「また何かご用があったら、なんなりとお申しつけください」

といって、出ていった。

幻十郎の亡父・源之助は、幾人か抱えていた手先（密偵）のなかでも、鬼八が一番たよりになるといっていたが、なるほど、その言葉に嘘はなかった。

幻十郎は、刀掛けから差料をとると、無造作に腰におとして、

「ちょいと本所までいってくる」

「あっしもお供いたしやしょうか？」

「いや、おめえには、べつの頼みがある」

「何でしょうか？」

「もういっぺん『満華楼』に探りを入れてくれ……といっても、今度はからめ手から

じゃねえ。客になりすまして、真っ正面から乗りこむんだ」

「へい」

「じゃ、たのんだぜ」

いいおいて、幻十郎はふらりと出ていった。

4

陽も落ちてまだ間もないというのに、両国広小路はあいかわらずの賑わいである。

『絵本江戸土産』によると、その賑わいぶりは、

「両国橋のもとに至れば、東西の岸、茶店のともし火、水に映じて、白昼のごとく、打ちわたす橋の上には、老若男女うち交わりて、袖をつらねて行きかう風情、洛陽の四条河原の涼もこれには過じと覚べし」

京の四条河原にもおとらぬほどであったという。

その雑踏をぬけて、両国橋をわたり、東の本所側へと足をはこぶと、やがて回向院《えこういん》に出る。

回向院は、明暦の大火で焼死した十万二千百余人の身元不明者、つまり無縁仏を回向するために建立された寺である。いまもこの寺には、牢死者や刑死者、遊女たちの

水子など、無縁の亡者が葬られている。

〝神山源十郎〟も、牢屋敷の刑場で首を打たれていれば、おそらく無縁仏としてここに葬られていたであろう。

十数万の無縁の亡者と一所の土となって、冥界で縁をむすぶ。それも一つの運命《さだめ》だったかもしれない。

――だが、おれは生きている。

生きながら、この世と「無縁」となった、もう一人の源十郎がここにいる。

そう思うと、幻十郎の胸に、奇妙な想いがこみあげてきた。

回向院の北側に、まっすぐ東西にのびる通りがあった。通りの左手は、下級幕臣の小屋敷がひしめく屋敷町である。

時刻は五ツ（午後八時）ごろか。あたりはまったくの闇である。通りを東に向かって一丁も行くと、左に町家が立ちならぶ一角があった。本所亀沢町である。通りから亀沢町の路地をはいって、すぐ突きあたりに治兵衛長屋があった。俗にいう「九尺《くしゃく》二間《にけん》」の裏店《うらだな》である。

すでに長屋木戸は閉まっていた。家の明かりもほとんど消えている。闇に目をこらすと、奥から二軒目の油障子にかすかな明かりがにじんでいた。

幻十郎は、そっと長屋木戸を押しあけ、長屋の奥に歩をすすめた。窓ぎわの羽目板に身をよせて、障子のやぶれ目から中をのぞきこむ。

男が、茶碗酒をあおりながら、酒落本を読んでいる。不精髭《ひげ》で黒々とおおわれた顔、庇《ひさし》のように張りだした額、薄い眉、かなつぼ眼、獅子っ鼻。顔の造作のどれ一つをとっても見覚えがある。

——為吉だ。

幻十郎は、足音をしのばせて戸口に歩みよった。そっと腰高障子の桟に手をかけ、踏みこむ間合いを計る。一呼吸おいて……。

がらり。戸を開け放った。

ほとんど同時に、為吉が行燈を蹴倒した。框《かまち》に足をかけたまま幻十郎は硬直した。視界は漆黒の闇である。闇の奥で、為吉が息を殺して相手の出方をうかがっている。だが、幻十郎の目にはそれが見えない。むろん為吉の目にも幻十郎の姿は見えないはずだ。

ばりっ。突然、部屋の奥で物音がした。為吉が裏窓を突きやぶってとび出したのだ。

幻十郎は、とっさに部屋に駆けあがり、畳を蹴って頭から裏窓に突っこんだ。

くるっと一回転して裏路地に立った。為吉の足音が遠ざかる。幻十郎は猛然と追った。寸秒後、逃げる為吉のうしろ姿が目路《めじ》に入った。幻十郎が猛追する。為吉も必死に逃げる。路地から路地へ、どぶ鼠のようにすばしっこく逃げまわる。

どの方角に向かって走っているのか、さっぱり見当がつかなかった。逃げる為吉と、追う幻十郎の距離は、三間ほどに迫っている。

広い通りに出た。三つ目通りである。為吉はその通りを南に向かって走っていた。やがて前方に川が見えた。

本所堅川《たてかわ》である。

為吉が、堅川にかかる三ツ目之橋の袂《たもと》にさしかかったとき、ようやく追いついた。幻十郎は、飛鳥のように為吉の背に跳びついた。幻十郎の躰を背負うような形で、為吉は前のめりにぶっ倒れた。

幻十郎の刀が鞘走った。為吉の首すじにひんやり刃先が突きつけられた。恐怖と息切れで、為吉は言葉も出ない。

「訊きてえことが二つある」

倒れた為吉の背に馬乗りになったまま、幻十郎が訊いた。

「お栄という唐の女は、貴様の女か？」

為吉は、烈しく肩で息をつきながら、うなずいた。

「巳之助からもらい受けた女だ」

「巳之助？」

「渡海屋の長崎廻船の船長《ふなおさ》だ。お栄は、やつが長崎から連れてきた女だ」

渡海屋は、八百石から千石級の弁才船《べんざいぶね》を数隻所有する、江戸でも屈指の廻船問屋である。

「けど、いまはおれの女じゃねえ。三月前に『満華楼』に売っちまった」

「そのお栄はなぜ殺された？」

「こ、殺された！」

為吉が、グイと首をひねって幻十郎の顔を見あげた。まさか、という顔をしている。

「知らなかったのか？」

「し、知らねえ！」

「もう一つ訊く。阿片はどこで手にいれた？」

急に為吉は、黙りこくった。

「言え！」刀の刃先をぐいと押しつける。首の皮膚が裂けて血がしたたり落ちる。為吉は、ヒイッと悲鳴をあげて、首をよじった。

「い、命だけは助けてくれ！」

「素直に吐けばな」

「……巳之助から買ったんだ」

「嘘をつくな。阿片の密売元は『満華楼』じゃねえのか？」

「か、かも知れねえ……けど、おれは巳之助から直接買った」

「ついでにもう一つ訊く。巳之助の家《やさ》はどこだ？」

「深川の伊勢町だ。女に『卯月《うげつ》』って小料理屋をやらせてる」

「そこに住んでるんだな？」

「お、おれの知ってることはぜんぶ答えた。これでもう勘弁してくれ」

「よし」

幻十郎が、刀を引いて立ちあがると、為吉は弾かれたように躰を起こした。

「行け」

「へ、へえ」

為吉が身をひるがえした瞬間、幻十郎の刀が一閃した。わっ、と悲鳴をあげて為吉が橋の上に転がった。橋の敷板に水をぶちまけたように、おびただしい血がとび散った。

刀の血しずくを振り払って、鞘におさめると、幻十郎は、背を返して大股に三ツ目之橋をわたった。

仙臺堀《せんだいぼり》に面した伊勢町の小路の角に、『卯月』はあった。小ぢんまりとした二階家だが、それにしても、たかが長崎廻船の船長《ふなおさ》の稼ぎで、これだけの店を女に持たせられるわけがない。おそらく、阿片の抜け荷買いで稼いだ金を、この店と女につぎ込んだのだろう。

店の前まできて、幻十郎は不審げに足をとめた。軒燈の明かりはついているが、店のなかは真っ暗である。客がいる気配もない。時刻は、まだ五ツ半（午後九時）ごろだ。店じまいには早すぎるし、のれんが出ているところを見ると、店を閉めたとも思えない。

格子戸を引いた。

がらり、開いた。

店内は真っ暗闇である。外からさし込む月明かりを頼りに、幻十郎は行燈を探し、火打ち石で火をいれた。うす明かりが店のなかを照らし出す。卓の上に飲みかけの銚子が数本、猪口が二つ、ほとんど手つかずのままの小鉢と皿がおいてある。たったいままで、この卓に客がいたことは容易に想像がつく。

奥に階段があった。

幻十郎は、懐紙をこよりにして、行燈の灯油皿の油をしみこませ、それに火をつけて階段をあがっていった。

二階の襖をあけた瞬間、幻十郎は、思わず息を飲んだ。目にとびこんできたのは、畳一面を蘇芳《すおう》色に染めた血の海である。その血の海に男と女が仰むけに転がっていた。ふたりとも喉をざっくり切り裂かれている。裂け目から白い喉骨がのぞくほど深い傷だ。もちろんこと切れている。男は、赤銅《しゃくどう》色に日焼けした三十六、七の中肉中背。女は見るからに婀娜《あだ》っぽい中年増。男が船長の巳之助であり、女がその情婦《いろ》であることは、疑う余地もあるまい。

一味が先手を打ったのである。

幻十郎は、紙燭の明かりを吹き消して、階段をおり、卓の上の二つの猪口に日をやった。たったいままで、この卓に二人の客がいた。その二人が下手人かもしれぬ。そう思いながら店を出た。

刹那――。ぶんっ、と風を切る音がして、銀色に光るものが幻十郎の顔をかすめた。ふり向くと、格子戸の桟に手裏剣が突き刺さっていた。

ぶんっ。

次に音がしたとき、幻十郎は刀を抜いていた。鋭い金属音とともに手裏剣が闇にはじけた。次の刹那、闇の中から黒影が二つ、音もなくとび出してきた。いずれも黒布で顔をおおい、袴を股立ちにした侍である。二人の侍が公儀目付配下の黒鍬之者《くろくわのもの》であることを、もちろん幻十郎は知らなかったし、知るすべもなかった。

この二人が、若年寄・田沼意正の意をうけて、阿片抜け荷買いの元締め・巳之助を闇に葬ったのである。

いずれも、かなりの手練《てだれ》であった。身のこなしもすばやい。両者の動きは一分の隙もなく連携し、左右からするどい斬撃《ざんげき》をくり出してくる。

尋常な戦法では勝ち目がない、と看《み》た幻十郎は、刀をだらりと下げて、右の侍と相対した。躰を右にむけて、わざと左に隙をつくったのである。案の定、左に立った男がその隙をついて、猛然と斬り込んできた。幻十郎はくるっと躰を半転させ、下から斜めうえに刀を薙《な》いだ。

びゅん。何かが頭の上を飛んでいった。刀を握ったままの侍の腕であった。ギャッと奇声を発して、侍は地面にころがった。幻十郎は、とどめを刺さず、すぐ横っ跳びに身をかわした。右の侍の斬撃に備えたのである。予測どおり、右の侍が猛然と斬りこんできた。幻十郎は、真横に刀をはらった。肉を断つ鈍い音がした。ばっくりと腹を割かれ、侍は丸太のように前のめりに斃れた。

片腕を喪《うしな》った侍が呻き声をあげながら、いも虫のように地面を這いつくばっている。

路傍に、その侍の躰から離れた血まみれの腕が、刀を握ったまままころがっている。

幻十郎は、その腕を拾いあげると、柄《つか》をにぎった指を一本一本引きはがし、もぎとるように刀をつかみ取った。

その刀の柄を両手ににぎるや、垂直に突きおろした。切っ先が侍の胸をつらぬき、背中を突きぬけて地面に突き刺さった。

「刀は返したぜ」

串刺しの刀を残したまま、幻十郎は踵をかえした。

5

『満華楼』の内部は、想像以上の広さだった。広いばかりではなく、吉原仲之町の妓楼にも劣らぬほどの豪奢なたたずまいである。部屋の襖は金泥《きんでい》の絵襖、壁は京風の紅殻壁《べんがらかべ》、障子の桟は黒漆塗り——と、建物のすみずみにまで贅《ぜい》がこらされている。

ゆうに百坪はあろうかと思われる中庭には、松の老樹を主木に、山茶花《さざんか》、桜、百日紅《さるすべり》など、四季おりおりの花を咲かせる花木が植えられ、さらにその周囲には奇岩巨石、石灯籠、ひょうたん池、朱塗りの太鼓橋などが、見事な調和で配されている。

中庭をとり囲むように一階と二階に座敷があり、どの部屋からも庭がながめられる趣向になっている。

伊佐次が通されたのは、一階の東隅の座敷だった。古着屋で買った紬の羽織を伊達にはおって、一応それなりの遊び客に扮したつもりだったが、海千山千の仲居頭の目はごまかせなかったようだ。

結局、一番安い座敷に通されたのである。それでも部屋はかなり広い。長押《なげ》し作りの八畳の広敷、畳は高麗縁《こうらいべり》、次の間つきである。次の間の襖を引きあけると、二つ枕の艶めかしい夜具がしいてあった。『満華楼』の客はこれが目当てなのである。

　座敷には形ばかりの膳がすえられている。

　冷えた料理に銚子が二本。これでまず一両とられる。女を呼べば、さらに三両から五両とられる。わずか半刻たらずの〝遊び〟で、四、五両もとられるのだから、三十俵二人扶持の吉見伝四郎や、二百石取りの大庭弥之助が足しげく出入りできるような場所でないことは、たしかだ。

　仲居頭には「遊び代」として、四両わたしてある。さてどんな女があらわれるか、と気もそぞろに伊佐次は盃をかたむけていた。もちろん、ここへきたのは女を抱くためではない。女から情報を引きだすのが目的である。口の固い玄人女から情報を引きだすのは容易なことではないが、そこは口問《くちと》い（情報屋）の腕の見せどころ——とばかり、手ぐすね引いて待っていると、

「お待ちどおさま」

　女が入ってきた。

　一瞬、伊佐次がけげんな目で
「おめえさんは……？」

　と誰何するより早く、

「伊佐次さん！」

女が驚声を発した。

「やっぱり！」

と、いったまま、伊佐次は絶句した。

女は志乃である。藤色のあでやかな着物をまとい、厚めの化粧をしているが、まぎれもなく、その女は志乃であった。

「な、なんで、おめえさん、こんなところに――」

狐につままれたような顔で、伊佐次が訊いた。志乃はうしろ手ですばやく襖を閉めると、伊佐次のかたわらに腰をおろし、

「死神の旦那に、ご恩返しをしようと思いましてね。三日ばかり前から、ここで働き出したんですよ」

「けど……」

「ふふふ、もともと、わたしは芸者ですから。客あしらいはお手のもの。躰を売ったりはしませんから、ご心配なく」

志乃は、婉然と微笑《わら》って、酒をついだ。

「死神の旦那が聞いたら、きっとびっくりするぜ。いや、怒るかもしれねえな」

「怒る？……なぜですか？」

「それは――」

旦那（幻十郎）が惚れているからだ、とはさすがにいえなかった。「死神の旦那」は、伊佐次にさえ本名を名乗ろうとはしない。過去もいっさい語らない。

旦那は、秘密の任務のためにおのれを殺している。女に惚れてはならないし、惚れても、おのれの心を偽り通さなければならない。それが影目付の掟なのだ。と伊佐次は、そう思っている。

「怒られたってかまやしませんよ」

志乃は、開きなおったようにいって、膝をくずした。

「飲んでもいい？」

「ああ」

伊佐次は、酒をつぎながら、

「で、何かわかったかい？」

「この店にお栄という唐の女のひとがいたんですけど」

「その話なら聞いた。誰かに消されたそうだぜ」

「消された？」

「いや、確かなことはわからねえが――」

「そのお栄さんてひと、勘定奉行の萩原摂津守のいい女《ひと》だったそうですよ」

「勘定奉行？」

伊佐次が、いぶかる目で聞き返した。

「ゆうべ四ツ（午後十時）ごろ、こっそり店を出ていくところを、わたし、この目で見たんです」

「ほう。人目をしのんで殿さまと密会って寸法か」

「たぶん……」

「それにしても、勘定奉行と料理茶屋の女とは、妙なとり合わせだな」

「ところで」と志乃が話をきり換えた。「死神の旦那、どうしてます?」

「人を殺しにいった」

「また、そんな冗談を……」

志乃が睨むような目で見ると、

「ははは、冗談さ」

伊佐次は、笑って誤魔化した。

（でも……）

と、志乃は思いなおす。

（案外、本当かも知れない）

——あの人は、妹（織絵）の仇を討つために、いつも心に刃《やいば》をしのばせている。復讐という、氷のように冷たい刃を……。

「何を考えてんだい？」

伊佐次がのぞき込む。

「い、いえ」と志乃はあいまいな笑みを返して、

「旦那に会ったら、伝えといてくださいな。一度この店に遊びにきてくれって」

「ここにはこねえだろう」

「こない？」

「旦那はやつらに面が割れてるからさ」

「そう……」

「逢いたきゃ、あんたのほうから屋敷を訪ねてくればいい」

「お屋敷って？」

「蠣殻町の松平越中守さまの中屋敷のちかくに『風月庵』て荒れ屋敷がある。そこが旦那の住まいだ」

「また何かわかったら、わたしのほうから、そのお屋敷に出向いていきますよ」

「ああ、そうしてくれ」

伊佐次は、盃の酒をぐびりとあおると、

「怪しまれねえうちに退散するぜ」

立ちあがった。

第六章　暗闘

1

（馬鹿なことを……）

　一味の情報を得るために、志乃が『満華楼』に潜入したと聞いて、幻十郎は苦々しげに眉根をよせた。

　勝手にそんなことをされては、却って探索の邪魔になる。場合によっては自分たちの足かせになるかもしれぬ——という懸念と、志乃に、危ない橋をわたらせたくないという想いが、幻十郎の胸のなかで複雑に交錯していた。

「旦那、志乃さんの気持ちも察してやっておくんなさいよ」

　幻十郎の胸中を察したのか、伊佐次が、志乃を庇《かば》うようにいった。

「旦那の恩義に報《むく》いようと、志乃さんなりに考えたうえでのことなんですから」

「万一ばれたら、ただじゃすまねえぜ」

「そりゃ、志乃さんだって腹をくってのことだと思いやす……。けど、旦那、ご心配にはおよびやせんよ。あっしがちょいちょい連絡《つなぎ》をとりに行ってきますから」

「満華楼に住みこんじまったのか？」

「いえ、通い奉公だそうで――」

「そうか」

幻十郎の脳裏に、客と睦《むつ》みあう志乃の裸身がちらりとよぎった。

「当分は酌女として働くそうです。躰は売らねえから安心してくれって、そういってやしたよ」

「そんなことは聞いてねえ」

幻十郎が、怒ったようにいった。

「それより、伊佐次」

「へい」

「大川で土左衛門になった唐の女、勘定奉行・萩原摂津守のなじみの女だといったな？」

「へえ。大川に浮かぶ前の晩、女が店をぬけ出して、萩原に逢いに行ったらしいんで」

「なぜ消されたと思う？」

「こいつは、あっしの推量ですがね」

と伊佐次が、膝を乗りだした。

「萩原摂津守と『満華楼』の間に、何かうしろ暗いつながりがあったんじゃねえかと。そのうしろ暗い何かを、お栄って女は知っていた。だから……」

「口を封じられたってわけか?」

「やつらは、死神の旦那が探索に動いてることを知ってやす。けど、旦那の素性はわからねえ。わからねえから、あわてて身のまわりの掃除をはじめたと、あっしはそう見てるんですがね」

「うむ……」幻十郎は、腕組みをしながら考えこんだ。「それにもう一つ、奇妙なことがある」

「と申しやすと?」

「一味の背後に侍がいる。それも、腕の立つ侍どもがな」

「侍?」

幻十郎は、昨夜の黒覆面の侍たちとの一件を話した。

「萩原摂津守の家来じゃねえんですかい?」

「いや、あれは勘定奉行の配下じゃねえ。かなり武芸の鍛練を積んだ連中だ」

「というと……?」

「ひょっとしたら、公儀目付の配下かもしれねえぜ」

「公儀目付！」

公儀目付を支配する人物は、若年寄・田沼意正《おきまさ》である。市田孫兵衛の話によれば、田沼意正と『満華楼』のあるじ惣兵衛は、父親の代からの「腐れ縁」だそうである。その二人が阿片密売という巨大な〝裏利権〟をめぐって手をむすんだ、と考えれば話の筋は通る。

阿片の抜け荷買いの元締めが、長崎廻船の船長《ふなおさ》・巳之助であることは、為吉の自白で明らかである。巳之助は、長崎で唐人から買い入れた多量の阿片を、ひそかに船荷にしのびこませて江戸に運んだ。それを買いうけて密売していたのが為吉である。

「おれは巳之助から直接買った」

為吉は、そういったが、その言葉に嘘はないだろう。為吉は、阿片ばかりでなく、巳之助から唐の女も買った。お栄（華栄）がその女である。

二人に目をつけたのが『満華楼』の惣兵衛だった。為吉を介して巳之助と知り合った惣兵衛は、直接、巳之助と阿片の取り引きをするようになった。

大番屋の仮牢で毒を盛られて死んだ勘八や、浜町海岸の大槻山城守の屋敷ちかくで何者かに口を封じられた仙蔵は、惣兵衛が直接雇った密売人だったにちがいない。もちろん、二人のほかにもまだ何人か密売人を抱えているはずだ。

いずれにせよ、江戸市中に出回っている阿片の量から推測して、惣兵衛が、巳之助から買い込んだ阿片は、かなりの量にのぼるだろう。

「ところが、やつらはその巳之助の口も塞ぎやがった」

「え、殺されたんですかい？」

「ゆうべ深川の『卯月《うげつ》』って店でな。情婦《おんな》もろとも首をかっ切られて殺された」

「けど……」伊佐次が、けげんそうに小首をかしげた。「巳之助を消しちまったら、阿片の買い入れ先がなくなっちまうじゃねえですか」

「それだ。伊佐次」

幻十郎が相づちをうった。

一味にとって、巳之助は貴重な阿片入手ルートである。組織防衛のためとはいえ、その巳之助を消してしまったら、もう二度と阿片は手に入らない。

「それを承知で巳之助を闇に葬ったとなると、考えられるのは一つしかねえ。やつらは、今後の取り引きに不自由しねえだけの、充分の量の阿片を蓄えたってことよ」

「なるほど、逆にいえば、巳之助はもう用済みになったってことですね」

「そろそろこのへんが潮時とみて始末したのかもしれねえ」

問題は、一味が蓄えた大量の阿片が、どこに隠されているのか？

勘定奉行の萩原摂津守と阿片密売一味との間にいったんどんな関わりがあるのか？

探索の的は、この二点にしぼられた。

その日の午下《ひる》がり――。

市田孫兵衛は、楽翁に呼ばれて『浴恩園《よくおんえん》』の茶室に向かった。

躙口《にじりぐち》から中に入ると、楽翁はいつものように石炉のそばに端座して、静かに茶を点じていた。

「お呼びでございますか？」

孫兵衛が声をかけると、楽翁は茶筅《ちゃせん》をさばきながら、

「昨夜、深川の伊勢町で奇妙な事件がおきたそうじゃ」

「ほう――」

孫兵衛は、茶を点てる楽翁の横顔を、しげしげと見つめ、

（殿は、よう下情に通じておられる）

腹の底で、なかば感心するように、なかば呆れるようにつぶやいた。

楽翁という人物は、おどろくほどの情報通である。

換言すれば、それだけ物事にたいする興味や好奇心が強いということでもある。楽翁の和歌《うた》づくりの才が、もって生まれた稟質《ひんしつ》だとすれば、その貪婪《どんらん》な好奇心も、生来身についた性癖といえる。彼の「隠密好き・詮索好き」も、おそらくその性癖によるものであろう。

とにかく、若いころから人一倍好奇心の旺盛な男であった。その性癖は、六十六に

なる今も変わっていない。

茶の湯や読書、著述、和歌づくりと同様に、柳営内の行事や出来事、幕閣内の派閥間の思惑や動向、小役人の人事にいたるまで、微に入り細をうがって情報を収集するのが、楽翁の、いわばもう一つの「趣味」であった。そのおもな情報源は、息子の松平越中守定永《さだなが》である。伊勢桑名十一万石の大名として、定永は五日に一度江戸城に登城する。その折りに、帝鑑之間詰めの譜代大名や、茶坊主などから柳営内の情報を集め、楽翁に報告しているのである。

「で、奇妙な事件、と申されますと？」

「ま、その前に一服」

楽翁が天目茶碗《てんもくちゃわん》をさし出した。孫兵衛は、仰々しく受け取って作法どおりに飲んだ。

「あいかわらず、お見事なお点前で」

「うむ」

満足そうにうなずいて、楽翁が話をついだ。

「目付配下の黒鍬之者《くろくわのもの》が二人、昨夜、何者かに斬殺されたそうじゃ」

「ほほう」

「いまごろ、田沼さまが……？」

「田沼意正どのも、さぞ歯がみをしておるだろうのう」

「何を探っていたかわからぬが、若年寄支配の目付配下が勝手に動いていたとは思えぬ。当然、田沼どのも知っておったはずじゃ。いや……ひょっとすると、黒鍬之者は田沼どのの差し金で動いていたのやもしれぬ」

「で、殿は、その事件をいかように？」

孫兵衛が、探るような目で訊いた。

「そちも知ってのとおり、目付配下の黒鍬之者は、忍びの流れをくむ強者《つわもの》ばかりじゃ」

「はあ……」

「それほどの手練《てだれ》を二人も斬り殺した、となるとただ者ではあるまい」

楽翁の言葉の意味が、ようやく孫兵衛に理解できた。

「あの男の仕業だとおっしゃるので？」

「と、わしは見たが、孫兵衛、それはちと読みすぎかのう？」

楽翁は、ふふふと低く笑った。

「さて」と孫兵衛は首をかしげた。

あり得ない話ではないが、幻十郎からその報告はまだ受けていない。さっそく今夕にでも『風月庵』を訪れ、その件を確認してみようと思った。

「どうやら、わしの放った蟻めが、田沼どのの屋敷の根太《ねだ》を食い荒らしはじめたようじゃ」

そういって、楽翁はまた、ふっふふ……とふくみ笑いを泛かべた。

2

目付配下の黒鍬之者がふたり、何者かに斬り殺された。しかも、一人は腹を深々と割《さ》かれ、一人は利き腕を両断されたうえ、刀で串刺しにされるという酷い殺された方である。

これが表沙汰になれば、幕府を揺るがしかねない大問題になる——と看《み》て、田沼意正は事前にすばやく手をうった。配下の目付はもとより、番役各有司のすみずみにまで心付けをくばり、厳しい箝口令《かんこうれい》をしいたのである。それでも一部の譜代大名の間で、その一件は噂にのぼったが、結局、噂の域にとどまっただけで、幕議にかけられるほどの騒ぎにはならなかった。

その夜——田沼意正は、ふだんはめったに口にしない酒を、めずらしく度をすぎるほどに飲んだ。酔いがまわるにつれ、腹の底からやり場のない怒りが煮えたぎってくる。

（楽翁め……）

もう何度、その名を腹のなかで吐いたか。吐くたびに、また怒りがこみあげてくる。

楽翁＝松平定信が、いまなお田沼一族に深い怨念をいだいていることは、意正も承知していた。しかし、その怨みの根がどこにあるのか、意正にはよくわからなかった。

――父がいったい何をしたというのだ？

意正の父・田沼意次《おきつぐ》は、楽翁の宿命の政敵ではあったが、根深く恨まれるような酷い仕打ちは何もしていない。あるとすれば、楽翁の生涯の怨敵・一橋治済《はるさだ》と手をむすんで政権を奪取したということだけである。しかし、これとて楽翁に恨まれる筋合いのものではない。

政事は力なのだ。政治的野心をいだく者が、時の実力者と手をむすんで権力を掌中におさめようとするのは、古今東西、政事の常道なのである。父・意次はその常道を実践したにすぎない。

意次は、権力を手にいれるために、一橋治済に多額の賄賂を贈ったが、これも古くから行われている慣習の一つにほかならない。

楽翁は、それを私曲として厳しく指弾し、賄賂政治の一掃を声高に叫んだ。しかし、その楽翁自身、じつは過去に賄賂を使って権力の座を得ようと図ったことがあるのである。

それは「田沼意次暗殺」に失敗したあとであった。力ずくで意次を排除するのが容易でないとみた松平定信は、手のひらを返すように、政敵・田沼意次に阿諛追従《あゆついしょう》し、ひそかに賄賂を贈って老中就任を嘆願したのである。

そのことは、前述の定信の意見書にも明確に記されている。

『私所存には、まことに敵とも何とも存じ候盗賊同様の主殿頭《とのものかみ》（意次）へも、日々のように見舞い、かねて不如意の中より金銀を運び、外見には、まことに多欲の越中守（定信）と笑われ候をも恥じず、ようよう席相進み、今一段のところ、霜月までと心がけ罷りあり候』

人に強欲と笑われようが、「盗賊同様の田沼意次」へ金銀を運んで老中就任を嘆願した、と意見書には明記されているのである。

それほど権力に執着した定信は、希《ねが》い叶って政権の座につくやいなや、意次を幕閣から追放し、神田の役屋敷や相良藩《さがらはん》の城地を没収した。この厳しい処置は、粛清というより、定信の私怨による報復といった感がつよかった。

その後、意次は隠居を命ぜられ、孫の意明《おきあき》が家督をついで奥州下村藩に転封させられた。所領は、陸奥で七千石、越後で三千、併せて一万石であったが、土地は飢饉で荒廃し、実収は半分の五千石にすぎなかったという。天明八年（一七八八）、田沼意次は不遇のうちにこの世を去った。

意次の死後、田沼家には、次々に悲運が見舞った。家督をついだ孫の意明が、成人して結婚したその年に大坂で客死し、跡をついだ次弟の意壱《おきいち》も五年後に死去、さらにその跡をついだ末弟の意信《おきのぶ》、養子に迎えた意次の弟の孫意定《おきさだ》も、若くして次々にこの世を去った。

わずか八年の間に、田沼意次の末裔の若者たちが五人も相次いで怪死したのである。

――果して、これが偶然といえるだろうか？

意正は、いまなお深い疑惑をいだいている。

――楽翁どのならやりかねまい。

寛政改革を断行するために、隠密の拡充・強化を図った定信が、その隠密たちを駆使して田沼一族を根絶やしにしようと企んだのではなかろうか。

意正は、そう考えている。

――楽翁どのは、業の深い男だ。

中央政界から身をひき、桑名十一万石の楽隠居となって、表向きは韜晦《とうかい》した素振りを見せているものの、楽翁の腹の底には、幕閣に復帰した田沼意正に対する烈しい憎悪と敵意がある。その敵意のあらわれが、目付配下の黒鍬之者の惨殺事件であった。

あの事件が楽翁の放った密偵＝影の刺客の仕業であることは、もはや疑うまでもあるまい。

――楽翁どのは、このわしに戦《いくさ》を仕掛けてきた。

仕掛けられた戦は、受けて立つほかない。受けて立った以上は勝たねばならぬ。勝つためには、おのれの力をたくわえねばならぬ。その力とは、すなわち権力であり、金力である。

父・田沼意次の近代的合理主義を、そっくり受けついだ意正には、

――金は悪ではない。

という、哲学がある。

金、そのものに善悪はないのだ。貴賤も清濁もない。それは人間の究極の欲望であり、そのために人は生き、そのために人は死ぬ。

『満華楼』の惣兵衛から秘密裡に運ばれてくる金が、阿片の密売で稼いだ金であることは、意正も重々承知している。しかし、どんなに汚れた金でも、いったん意正のふところに入ってしまえば、権力の座を獲得するための政治資金となる。そうなって初めて、汚れた金が、金としての価値を生むのである。

酔いのまわった躰をゆらゆらと揺らしながら、意正が三本目の銚子に手をつけたとき、

「殿、ただいま参上つかまつりました」

襖の外で、低い声がした。

「兵部《ひょうぶ》か?」

意正が問うた。

「はっ」

「入れ」

すっと襖が開いて、ひとりの武士が意正の前に膝行した。異様に目つきの鋭い、屈強の武士である。名は鷹森兵部。歳、三十一。柳生家の家士である。

将軍家指南役・柳生但馬守《たじまのかみ》の家来と若年寄・田沼意正――この二人の取り合わせは、一見奇異に見える。だが、田沼家と柳生家との間には、じつは浅からぬ因縁があったのである。

意正には息子・意留《おきとめ》のほかに千沙《ちさ》という一人娘がいる。この娘と柳生家の嫡男・英次郎との縁組話が、両家のあいだで内々にすすめられていたのである――三年後の文政九年、千沙《ちさ》は、柳生家当主となった柳生但馬守英次郎のもとに嫁ぐことになるのだが――すでにこの時点で、田沼家と柳生家は、婚姻関係の付き合いをしていた。

そんな縁もあって、目付配下の黒鍬之者が惨殺されたと知った意正は、即座に、柳生家から手練《てだれ》の者を差し遣わすよう依頼したのである。

それが、この男・鷹森兵部であった。

「で、御用のおもむきと申されるのは？」

意正の前に威儀を正した兵部が、おもむろに訊いた。

「そちに折入って頼みがある」

そういって、意正は顔を寄せた。兵部の顔にふっと熟柿の息がかかった。

「内密の頼みだ」

3

この数日、冷え込みが厳しい。

夜来の雨が、午すぎになって氷雨に変わった。そのせいか『満華楼』の客足も鈍りがちである。

志乃が、この店にきてから十日ばかりたつが、これほど暇な日はめずらしい。

帳場の奥の、茶屋女の溜まり場になっている部屋で、志乃は、気心の知れたお島という女と茶をのみながら、世間話に花を咲かせていた。

器量は十人並みだが、お島は肉づきのいい躰をしている。客の間では、もっぱら床上手の女として人気があった。お島自身、それが自慢なようで、志乃の前で客との情事をあけすけに語った。

「ところで、お島さん」

と志乃が話題を切り換えた。

「以前、八丁堀の旦那がこの店に出入りしていたそうだけど、お島さん、その人の相手をしたことがある？」

さり気なく水をむけると、

「ああ、吉見の旦那ね」

即座に答えが返ってきた。

「二度ばかり寝たことがあるけど……」

お島は急に声を落とした。

「ここだけの話。あの旦那、町方のくせに阿片をやってたのよ」

それは志乃も知っている。

「そのせいかもしれないけど、床に入るとしつこいのなんのって。一回や二回じゃすまないんだから。それも、やれ後ろを向けだの、やれ上に乗れだのって……」

お島は、吉見伝四郎との情事の模様を、聞いている志乃のほうが恥ずかしくなるほど、赤裸々にまくしたてた。

吉見が死んで、夫婦の縁が切れたとはいえ、つい半年前までは志乃の良人《おっと》だった男である。その吉見が、茶屋女のお島を相手に異常な性愛にふけっていたと思うと、自分を裏切った吉見への怒りより、そんなこととは夢にも知らず、ひたすら良人を信じていた自分が哀れに思えてきた。

「その吉見の旦那って、いつも一人でここへきたの？」

思いなおして、志乃が訊いた。

「くるときは、いつも一人だったけど、あたしと寝たあと、べつの部屋に入っていったわ」

「べつの部屋？」

「益田屋の旦那の部屋」

「益田屋って……？」

「益田屋文右衛門。蔵前の名主よ」

「へえ、名主さんが――」

と、そのとき、

「お志乃さん」

表で声がした。女将の喜和の声である。

「はい」立ちあがって、襖を開けると、

「ちょっと話があるの」

喜和が手招きした。

志乃が出ていくのと、ほぼ入れ違いに、番頭の嘉平が入ってきた。陰気な顔をした中年男である。

「おい、お島」

嘉平は、お島の前に小腰をかがめると、

「客のことをやたらにしゃべるんじゃねえぜ」

口調はおだやかだが、目には威圧するような凄味があった。


「今日は冷えるわねえ。さ、火にあたりなさいな」

喜和が、帳場の火鉢の前に座蒲団をおいて、志乃にすすめた。

女将といっても、喜和は惣兵衛の女房ではない。情婦である。

惣兵衛は、深川黒江町に家をもっていて、女房子供はその家に住まわせている。くわしいことは、志乃も知らないが、噂によると、もともと喜和は『満華楼』の茶屋女だったらしい。歳は三十そこそこだろうか。やや肥り肉《じし》だが、女の志乃の目にも、むんむんと匂い立つような色気を感じさせる。

「どう？　仕事のほうは……」

喜和が笑みを泛かべながら訊いた。

「ええ、おかげさまで、だいぶ――」

「そう」喜和は、ためらうように火箸で火鉢の灰をかいた。「じゃ、そろそろお客さん取ってみる？」

「え」

「あんたほどの器量なら、すぐ売れっ妓《こ》になれるわよ。いまだって、お志乃さんにお酌をしてもらわなきゃ、飲んだ気がしないって言うお客さんが沢山いるんだから」

志乃を目当てに通ってくる客が何人かいることは事実である。そういう客たちをしっかりつかまえるために、躰をひさいでくれと、喜和は暗にそういっているのである。

『満華楼』が売色を目的とした茶屋であることは、志乃も知っていたが、躰をひさいでまで自分を犠牲にするつもりはなかった。だからこそ、給金の安い下働き兼酌女という条件で、雇い入れてもらったのである。

「お栄さんがあんなことになっちまってねえ」

喜和がふと嘆息をもらした。お栄というのは、大川で土左衛門になった唐の女・華栄のことである。

「お栄さんの代わりに、あんたがお客の相手をしてくれれば、うちも助かるんだよ」

「おかみさん」

志乃が申しわけなさそうに喜和の顔を見た。

「この場で返事をしろといわれても困ります。もうしばらく考えさせてもらえませんか？」

「そうね。べつに急ぐわけじゃないし、ゆっくり考えてちょうだいな」

そういって喜和が笑みを泛かべた。男が見たらぞくっとするほど色っぽい笑みである。

夜になって、氷雨が雪になった。

まだ霜月に入ったばかりである。今年は冬のおとずれが早そうだ。

幻十郎は、風呂をあびて寝着に着がえ、囲炉裏端で酒を飲んでいた。

伊佐次は留守である。

(律儀な男だ……)

茶碗酒を口にはこびながら、幻十郎は胸の中でつぶやいた。

『満華楼』と勘定奉行・萩原摂津守との関わりを調べさせるために、数日前から伊佐次を神田錦小路の萩原の屋敷に張り込ませたのである。

武家の門限は、各藩邸が酉《とり》の刻（午後六時）、旗本屋敷が戌《いぬ》の刻（午後八時）である。

半刻まえに五ツの鐘を聞いた。萩原の屋敷の門も、半刻前に閉ざされているはずだ。

そろそろ切りあげてくればよいのに、この寒空で伊佐次は、まだ張り込みをつづけているのだろうか——そんなことを考えながら、二杯目の茶碗酒を飲みほしたとき、玄関で物音がした。

(帰ってきたか)

と立ち上がった瞬間、

「ごめんくださいまし」

女の声がした。志乃の声である。

玄関に出ると、志乃が傘の雪を払いながら、三和土《たたき》に入ってきた。

「志乃さん！」

「こんな時分に突然申しわけありません」志乃が頭を下げた。

「なぜ、ここが？」

幻十郎がいぶかしげに訊いた。

「伊佐次さんから聞きました。ぜひお耳にいれておきたいことがあります」

「ま、上がりなさい」

志乃を板間に通し、茶をいれた。

「吉見が『満華楼』でひそかに会っていた人物がわかりました」

「ほう……」

「益田屋文右衛門という蔵前の町名主です」

「町名主？」

この時代、江戸の町には高度な自治制がしかれていた。町奉行の下に町年寄と称する民間の行政機関があり、樽《なら》屋藤左衛門、館《たて》市右衛門、喜多村彦右衛門の三人が、世襲制でこれをつとめ、その下に各町ごとに公務を取り扱う町名主が二百三十五人いた。

その一人が蔵前片町の町名主・益田屋文右衛門である。

その益田屋と南町隠密廻り同心・吉見伝四郎が『満華楼』で密会していた――二人をむすぶ線は何か？　密会の目的は？

どう考えても、この両者のつながりが見えてこない。謎が深まるばかりである。

「益田屋と『満華楼』の惣兵衛との関わりはどうなっている？」

「確かなことはわかりません。益田屋さんは客として何度かあの店にきたそうです」

「客として、か――」

仮に、その益田屋文右衛門が、吉見伝四郎を金と女で抱きこみ、源十郎の妻・織絵を凌辱させたとしたら、益田屋も阿片一味の片棒を担いでいたことになる。

4

「ところで、志乃さん」

幻十郎が、茶碗に残った酒をぐっと飲みほして、志乃の顔をみた。

「あんたは、そろそろ『満華楼』から手を引いたほうがいい」

志乃は答えなかった。答える代わりに、黙って幻十郎が飲みほした茶碗を手にとって、さし出した。

「一杯、いただけます？」

幻十郎が酒をつぐと、志乃は小気味よくその酒をあおって、ふっと小さく吐息をついた。

「志乃さん」

「あたしのことを心配してくれてるんですね」

志乃が微笑を泛かべた。頬がほんのり桜色に染まっている。

「あの店は、阿片密売一味の巣窟だ。これ以上深入りするのは危険だ」

「旦那……」

志乃が、ふいに膝をくずして幻十郎ににじり寄った。

「あたしには、もう喪《うしな》うものは何もないんですよ」

「――――」

「この躰だって、あたしのものじゃない。旦那のお役に立てるんだったら、どうなったってかまやしないんです」

そういうと、志乃は狂おしげに幻十郎の胸に躰をあずけた。着物の裾が割れて、白い、肉づきのいい腿《もも》がちらりとのぞいた。

幻十郎は、志乃の顔を両手で抱えこみ、口を吸った。志乃のやわらかい舌が幻十郎の舌にからみつく。

志乃は、かすかな喘ぎをもらしながら、幻十郎の首に腕を巻きつけた。ゆたかな乳房の感触が欲情をそそる。志乃の一方の手がそっと幻十郎の股間にのびた。幻十郎は、ふとその手を抑え、首にからんだ志乃のもう一方の腕をほどいて、ゆっくり躰を離した。

（なぜ？）

と、志乃が幻十郎の顔を見た。

「そろそろ伊佐次がもどってくる。今夜は帰ってくれ」

幻十郎が、突きはなすようにいった。志乃は、無言でうなずき、乱れた襟元を合わせると、

「また何かわかったら、お知らせにまいります」

他人行儀にいって、足早に出ていった。

幻十郎は、見送らなかった。志乃への未練を断ち切るように、茶碗に酒をついで一気にあおった。茶碗の縁に、かすかに口紅がついている。志乃の甘い匂いが、幻十郎の口中にひろがった。

雪は、やんでいた。

伊佐次が丸太門をくぐりかけようとしたそのとき、玄関から志乃がとび出してきた。とっさに伊佐次は、門柱の陰に身をひそめ、走り去る志乃を見送った。そのとき、志

乃の頬が涙で濡れていたのを、伊佐次は見逃さなかった。

「ただいまもどりやした」

伊佐次が板間に入ると、

「おう」と幻十郎が顔をあげた。「冷えただろう。これで躰を温めろ」

茶碗に酒をついで、差し出した。

「門の前で、お志乃さんに会いましたよ」

「そうか」

「旦那――」

伊佐次が、いつになく厳しい目つきで幻十郎を射すくめた。憤然とした表情である。

「なぜ、お志乃さんに冷たく当たるんですかい」

「冷たい？」

「何の用があったのかわかりやせんがね。お志乃さんは、雪空ん中をわざわざ訪ねてきてくれたんですぜ」

「なにが言いてえんだ？」

「旦那には女の気持ちってのがわからねえんですかい」

伊佐次が、めずらしく語気を荒らげて突っかかってきた。幻十郎は黙って聞いている。

「お志乃さんは旦那に惚れてるんだ。惚れてるから、こんな雪道をわざわざ訪ねてきたんですぜ。一晩ぐらい泊めてやったっていいじゃねえですか」

伊佐次のいっていることは、幻十郎にもよくわかる。

「この際だから、はっきりいっちまいます。なぜ、お志乃さんを抱いてやらねえんですかい？」

「――――」

幻十郎は、一度お志乃を抱いたことがある。伊佐次はそれを知っているのだろうか？

（そろそろ、この男に打ち明けねばならんだろうな）

そう思って、幻十郎は顔をあげた。

「伊佐次、実をいうと、おめえに一つだけ隠してたことがあるんだ」

「え？」

伊佐次がけげんな目で見かえした。

「吉見伝四郎に犯されて自害した織絵《おりえ》という女は、おれの妹じゃねえ。女房だ」

ええっ、と伊佐次が驚声を発した。

「す、すると、旦那は……！」

「半年前に小伝馬町の牢屋敷で打ち首になった神山源十郎。それがおれの本性だ」

「ま、まさか」

伊佐次は、口をあんぐりとあけたまま、絶句した。

「打ち首になったのは替え玉だ。楽翁さんが、おめえを石川島の人足寄場から引きあげたのと同じように、おれも楽翁さんに地獄の底から引きあげられた」

「そ、そうだったんですかい！」

「おれにとって楽翁さんは確かに命の恩人だ。だが、せっかく拾った命、無駄には使いたくねえ、つまり……」

ふと言葉を切って、茶碗に酒をついだ。

「楽翁さんの操り人形にはならねえってことよ」

「けど、旦那もあっしも、楽翁さんから陰扶持をいただいている身分ですから」

「むろん、頼まれた仕事はやる……だが、それがすべてじゃねえ。おれにはおれの目的があるんだ」

「目的？」

「自害した織絵の仇討ちだ。そのためにおれは命を張っている。今度の仕事は楽翁さんのためにやってるんじゃねえ。死んだ織絵の供養のためにやってるんだ」

「なるほど……」

伊佐次が、深くうなずいた。

「それでわかりやしたよ……旦那は、自害した織絵さんのことをいまでも忘れられねえ。その織絵さんを死に追いやった吉見伝四郎の女房が志乃さんだ。だから抱けねえってわけですね」

「いや」と幻十郎が首をふった。

「おれは一度抱いた」

「えっ」

「そして、惚れた……だから、抱けねえ」

「旦那――」

「織絵の仇を討つまでは、あの女を抱くことはできねえんだ」

その一言で、伊佐次はすべてを理解した。幻十郎は、心底、志乃に惚れている。惚れていながら、心のどこかで死んだ織絵の幻影を引きずっている。志乃を抱く気になれば、いつでも抱けるはずだ。しかし、それでは志乃の心を踏みにじることになる。

――もし、旦那が志乃さんを抱くときがあれば……。

それはたぶん、阿片密売一味を壊滅し、自分の心の中にあるものをすべて志乃にさらけ出したときだろう、と伊佐次は思った。

5

伊佐次が張り込みをつづけている間、萩原摂津守の屋敷には、これといった不審な動きはなかった。紺看板の中間がひっきりなしに出入りしているが、おそらく奥向きの用事を仰せつかって、使い走りをしているのだろう。ほかに怪しげな人物の出入りも、まったくなかった。

萩原摂津守が、幕府の要職にある人物だということは、伊佐次にもわかるが、その役職がいかなるものか、くわしいことは何も知らなかった。

幕府の財政・会計をつかさどる役職に、「勘定奉行」の名称がついたのは元禄期である。その後、八代将軍吉宗の享保七年（一七二二）に、勘定奉行は勝手方と公事方《くじかた》とに分けられた。勝手方は収税、金穀の出納、禄米の支給、貨幣の鋳造、河川橋梁の普請など、幕府の財政・出入費のいっさいを取りあつかい、公事方はおもに天領（幕府直轄地）の訴訟を取りあつかう。定員は四名で、二名が勝手方、二名が公事方、一名ずつ一年ごとに交代してこれを勤める。

勘定奉行の役につくものは、二、三千石級の旗本だが、理財の才のある者なら、五百石級でも登用された。嘉永期に勘定奉行に任じられた川路聖謨《としあきら》もその一人である。

萩原摂津守は、勝手方の勘定奉行で、二千石の中級旗本である。

大川で水死体で発見された唐の女・お栄（華栄）を介して、萩原と『満華楼』とのつながりが浮上したのだが、具体的に両者の間にどんな関わりがあり、どんな利害でむすびついているのか、いまのところさっぱり見当もつかなかった。

その謎を解く手掛かりもまだつかめていない。

――こうなったら根くらべだ。そのうちきっと尻尾を出すにちがいねえ。

萩原の屋敷の真向かいの路地に身をひそめ、伊佐次は寒さにふるえながら、張り込みをつづけていた。

そのころ、幻十郎は『四つ目屋』の鬼八のもとを訪ねていた。蔵前片町の町名主・益田屋文右衛門に関する情報収集を依頼するためである。

「おやすい御用で」

鬼八は、こころよく引きうけてくれた。

両国薬研堀から蔵前までの距離は、さほど遠くない。両国広小路から柳橋をわたって北に足を向けると、ほどなく浅草御蔵屋敷に出る。その御蔵屋敷の真ん前が、蔵前片町である。

鳥越橋の西詰のすぐ近くに、周囲の町屋を睥睨《へいげい》するように立つ、ひときわ大きな二階家があった。どっしりと重量感のある瓦屋根、外壁は牡蠣殻灰《かきがらばい》で黒色のつや出しをした塗り家造り、間口は四間（約九米）もあろうか、見るからに重厚なかまえの家である。それが益田屋文右衛門の家であった。

町名主は、格式と家柄によって、草創《くさわけ》名主、古町《こまち》名主、平名主、門前名主の四段階に分かれていた。草創名主は、家康入府以前からその土地に住んでいた者、あるいは家康に従って三河や遠江から江戸に移り住んだ者で、名主の中でも、もっとも由緒ある家柄とされ、それなりの権威もあった。

古町名主というのは、明暦三年（一六五七）の大火ごろまでに作られた三百余の町の名主を指し、草創名主につぐ格式を誇っていた。文政年間、古町名主は七十九人いたという。その一人が益田屋文右衛門であった。

鬼八は、町方同心の手先（密偵）をつとめていた男である。聞き込みはお手のものであった。

半刻（一時間）ほど、近隣の小商人《こあきんど》や職人、かみさんたちに聞き込みをしてみたが、阿片密売一味につながるような情報は何も得られなかった。

益田屋文右衛門――歳は、四十一歳。女房と子供二人の四人暮らしで、使用人を三人抱えている。浅草町会所の定掛肝煎年番名主《じょうがかりきもいりねんばんなぬし》をつとめ、町政も如才なくこなしている。ごくふつうの町名主である。

その文右衛門が『満華楼《まんげろう》』で吉見伝四郎と接触していたことは、志乃が入手した情報でも明らかである。

二人が、いったいどこで知り合い、どんな関わりをもったのか？

しばらく、聞き込みをつづけてみたが、その謎だけはどうしても突き崩せなかった。

七ツ半（午後五時）ごろ——。

萩原摂津守の屋敷に動きがあった。

門前に一挺の町駕籠がとまったのである。

向かいの路地角から、伊佐次は身を乗り出すようにして、門前の様子に目をこらした。

町駕籠は、空《から》駕籠であった。

やがて門内から姿をあらわしたのは、つい先ほど勘定所から帰邸したばかりの萩原摂津守であった。肩衣《かたぎぬ》の代わりに地味な濃紺の羽織をはおっている。もちろん、袴《はかま》もはいていない。一見して微行《しのび》の行装とわかる。

見送る家臣の姿もなく、萩原はそそくさと駕籠に乗り込んだ。

（やっと動いたぞ）

獲物を射程にとらえた猛禽《もうきん》のように、伊佐次の目がキラリと光った。

駕籠は、錦小路を真っすぐ北へと向かってゆく。そのあとを伊佐次がつかず離れず跟《つ》けてゆく。しばらく行くと、道は稲葉長門守の屋敷につきあたり、ゆるやかな曲線を描いて右に折れる。ほどなく前方に土堤が見えた。神田川の土堤である。その土堤を登りきったところで駕籠がとまり、萩原がゆっくりと降りたった。

川岸に桟橋が見えた。昌平橋からやや東に下った船着場である。桟橋の杭に三艘の猪牙舟《ちょきぶね》がもやっており、船頭たちが舟の艫《とも》に腰をおろして手持ちぶさたに客を待っていた。

萩原が土堤をおりてくる。

目ざとくそれを見た若い船頭が、桟橋にとび移って駆けより、

「ささ、どうぞ、どうぞ」

手をとって舟に案内した。

「柳橋にやってくれ」

「へい」

船頭は声をはずませて水棹を押しやった。

桟橋を離れると、萩原を載せた猪牙舟は流れにのって加速をつけ、みるみる夕闇のかなたに消えていった。

それを見届けた伊佐次が一目散に土堤を駆けおり、

「おい、いまの舟を追っかけてくれ」

猪牙舟にとび乗った。


時の経過とともに、神田川の河畔の夕景色がゆったりと闇の底に沈んでゆく。

筋違御門をすぎ、和泉橋をくぐるころには、あたり一面、漆黒の闇に領されていた。

伊佐次の乗った猪牙舟は、和泉橋の下流の新橋あたりで萩原の舟に追いついた。川

を下るに従って上り下りの川舟の影がぽつりぽつりと目につくようになる。ここまでくれば、もう尾行に気づかれる心配はない。

「船頭さん、かまわねえから、あの舟にぴったりつけてくんな」

伊佐次が声をかけると、

「へい」

船頭がぺっと掌《て》に唾を吹きかけ、力強く櫓《ろ》をこぎはじめた。舟脚がぐんぐん速くなる。見るまに双方の距離は小半丁に迫っていた。

浅草橋の橋下をくぐりぬけたとたん、突然、前方の闇にきらきらと煌《きら》めく光の海が現出した。

柳橋の遊里の明かりである。

もともと柳橋は、深川の岡場所や新吉原へ通う猪牙舟や楼船の発着所として栄えた場所だが、時代の流れとともに、遊所への中継点から、遊所そのものに変わり、いまでは深川をしのぐ盛り場として隆盛をきわめていた。

浅草橋から河口の柳橋にいたる神田川の両岸には、大小の船宿や料理茶屋、出逢茶屋、料亭などが軒をひしめくようにへばりついている。

萩原を乗せた猪牙舟は、『梅川』の提灯を灯した桟橋に舳先を寄せていった。

「へい、お待ちどおさま」

船頭が舟を桟橋につけると、萩原は舟代を払って『梅川』の裏木戸に姿を消した。

ややあって、伊佐次をのせた舟が桟橋についた。

「梅川ってのは船宿かい？」

「ま、一応……」

船頭があいまいに答えた。表向きは船宿と称しているが、『梅川』は柳橋でも五指に入る大きな待合（貸席）である。

（ここで誰かに会うのかもしれねえ）

船頭に舟代を払うと、伊佐次はひらりと桟橋に身をおどらせ、黒板塀に沿って『梅川』の表にまわった。

（さて、どんな野郎が現れるか……）

伊佐次は、『梅川』の玄関脇の植え込みに身をひそめて、萩原の密会相手の到来を待った。

第七章　餓狼《がろう》の牙

1

楽翁から目付配下・黒鍬之者《くろくわのもの》の殺害事件を聞かされたその日の夕刻、市田孫兵衛は、事実を確認するために『風月庵』をたずねたが、幻十郎は留守であった。

それから数日間、雑務に追われて、うっかりそのことを忘れていたのだが、今日になってふと思い出し、築地の下屋敷を出て『風月庵』に足をむけた。

酉の刻（午後六時）――。

丸太門をくぐると、座敷の障子にほんのりと明かりがにじんでいた。

（今日はおるな）

孫兵衛は、玄関に足をふみ入れ、声をかけずにずかずかと上がっていった。

幻十郎は、座敷の文机《ふづくえ》に向かって思案げに筆をはしらせていた。孫兵衛が入ってくると、筆をおいて、ゆっくり振りむいた。

「密書でもしたためておったか？」

孫兵衛が、冗談まじりにいった。

「――何か急用でも？」

「一つ、訊きたいことがある」

といって、孫兵衛は幻十郎の前にどかりと腰をおろした。

「五日ほど前に、深川の伊勢町で目付配下の黒鍬之者《くろくわのもの》が二人、何者かに惨殺された」

幻十郎は、さぐるように孫兵衛の顔を凝視した。なぜそれを知っているのだろう、という疑問と、幻十郎が直観したとおり、あの侍どもは、やはり目付の配下だったか、という思いが同時に頭をかすめた。

「あれは、おぬしの仕業か？」

「いかにも」

幻十郎は、あっさり認めた。あえて否定するほどのことではない。否定する理由もなかった。

「やはりな」

孫兵衛が、にやりと笑みを泛かべた。

「それがどういたしましたか？」

「楽翁さまは読みがするどい。即座におぬしの仕業だと見ぬいたぞ」

「楽翁どのが……？」

幻十郎の脳裏には、そのことよりむしろ、楽翁があの事件をどこで知ったのだろう、という疑問がよぎった。

「おぬし、なぜあの二人を斬った？」

「斬らなければ、こっちが斬られてましたよ」

「ふふふ、もっともな答えじゃ」

孫兵衛が愉快そうに笑った。

「だが、わしの問いに対する答えにはなっておらぬ。なぜ、斬り合いになるような羽目になったのかと、わしはそれを訊いているのじゃ」

「やつらは、阿片の運び人の口をふさいだのです。わたしがその男の家に探索に行ったおり、たまたまやつらと出くわしてしまって斬り合いに——」

「ほう、公儀目付の配下が阿片の運び人をのう」

孫兵衛の目がキラリと光った。楽翁の読みどおりである。黒鍬之者どもは、若年寄・田沼意正の意をうけて、阿片の運び人の口をふさいだに相違ない。

「ところで幻十郎、探索はどこまで進んでおる？」

思いなおすように孫兵衛が訊いた。

幻十郎は、文机のうえの料紙をとって、孫兵衛のまえに差しだした。

その料紙には、

《勘定奉行・萩原摂津守》

《満華楼・惣兵衛》

《蔵前片町名主・益田屋文右衛門》

と三人の名が大きく書かれており、余白には吉見伝四郎、大庭弥之助、為吉、巳之助、お栄、勘八、仙蔵たちの名が小さな字で書きつらねてある。この七人は、いずれもすでに死んだ人間たちである。

それぞれの名の間に、朱筆でいく筋もの線が引かれているところを見ると、幻十郎は、その人間たちの相関関係を考えていたようである。

「勘定奉行・萩原摂津守、満華楼のあるじ惣兵衛、蔵前片町名主・益田屋文右衛門。この三人が阿片密売一味とどうつながるのか、目下それを調べているところです」

「ふーむ」

孫兵衛が険しい顔で、料紙に羅列された名前に目をはしらせた。

「この三人、妙な取り合わせじゃのう」

ぼそっとつぶやくと、料紙を折りたたんで、

「これはもらっていく。よいな?」

と、ふところにねじ込んで立ちあがった。

「もうお帰りですか？」

「この家は寒い。長居は無用じゃ」

孫兵衛は、大袈裟に肩をすぼめて出ていった。


この数日、やや温暖な日がつづき、料理茶屋『満華楼』にも、いつもの賑わいがもどってきた。

『満華楼』は売色を目的とした茶屋なので、料理茶屋の看板をかかげているものの、常雇いの板前もいなければ、板場（厨房）もない。料理はすべて仕出し屋から取りよせるのである。

女将《おかみ》の喜和は、その仕出し料理の配膳をすませると、帳場にもどり、十露盤《そろばん》をはじきながら、帳付けをはじめた。

よく働く女である。

如才なく客をあしらい、茶屋女や仲居たちをてきぱきと差配し、仕出し料理の注文・配膳にもこまかく目をくばり、そのうえ毎日の帳付けも几帳面にこなす――この店は、女将の喜和でもっているといっても過言ではあるまい。

ふと気づいて、喜和が神棚の燈明に火をいれていると、背後の襖があいて、

「お喜和」

あるじの惣兵衛が入ってきた。

「あ、ちょっと待ってくださいな」

惣兵衛に背をむけたまま、喜和は爪先立ちで、燈明に火をつけている。

ふいに惣兵衛が、背後から喜和を抱きすくめた。

「あっ」

喜和が小さな声をあげた。惣兵衛はかまわず喜和の躰を壁に押しつけ、脇の下から手をまわして、着物のうえから喜和の胸をわしづかみにした。

「旦那、こんなところで……」

喜和が喘ぎながら身をよじった。

「誰も来やしないよ」

喜和の襟を押しひろげ、両手で乳房をもみしだいた。

「あ、ああ……」

喜和の口から喜悦の声がもれる。

惣兵衛は、片手を喜和の腰にまわし、ぐいっと手前に引きよせた。壁に押しつけられた喜和の躰が、尻を突きだすような形で「くの字」に折れた。

惣兵衛が、すかさず着物の裾をたくしあげる。つるっと白い大きな尻がむき出しになった。惣兵衛は、もう一方の手を自分の股間に伸ばし、いきり立った一物をつかみ出すや、後ろから喜和の秘所に挿しこんだ。

「ああーッ」

喜和が悲鳴のような声をあげた。

惣兵衛が激しく突く。突くたびに壁がズンズンと鈍い衝撃音を発する。

喜和は、両手を壁にあてがって必死に躰を支えながら、惣兵衛の腰の動きに合わせて尻をふる。

「ああ、だ、だめ。もうだめ……」

喜和が白目をむいて喘ぐ。

「う、うっ！」

惣兵衛の躰の芯を電撃のような快感が突きぬけた。喜和が上半身をのけぞらせて悶絶する。同時に、惣兵衛も果てた。

壁に躰をあずけたまま、喜和はずるずると畳の上にへたり込んだ。

「お喜和……」

惣兵衛が、手早く着物の前をあわせながら、喜和の前に座りこんだ。

「頼みがあるんだ」

上気した顔をあげて、喜和がにらむような目で惣兵衛を見、

「旦那、ずるいですよ。頼みごとの前にあんなことをするなんて——」

恨みがましくいう。

「別に、そういうつもりじゃないさ。お前の尻を見たとたんに、急にむらむらとなってな」

「で……、何ですか？　頼みって」

「女をひとり、萩原さまにあてがってもらえんか」

「え、またですか」

喜和が眉をひそめた。

「さっきお屋敷の中間が言伝てをもってきたんだ。どうしても今夜、女が欲しいとな」

「けど、旦那……」

と喜和が乱れた裾をなおしながら、

「この店と萩原さまとの関わりが表沙汰になったらまずい、当分うちの妓《こ》は近づけないほうがいいって、そういったのは旦那なんですよ」

「そりゃ、まあ……」

「お栄があんなことになったのも、もとはといえば——」

「しっ」惣兵衛が、あわてて口に指をあて、すばやくあたりに目をくばった。

「めったなことを口走るんじゃない。人に聞かれたらどうするんだ」

喜和は、憮然と立ち上がって、炭桶の炭を火鉢についだ。

惣兵衛がにじり寄る。

「そりゃ、わたしだって出来れば断りたいんだよ。けど……」

「泣く子と地頭には勝てないってわけですか？」

喜和が皮肉たっぷりにいった。

「そういうことだ。たのむ。わたしの立場も考えてくれ」

「わかりました。誰か手のあいてる妓に頼んでみますよ」

2

志乃が、なじみ客の座敷で酒の相手をしていると、

「お志乃さん、ちょっと」

襖の外で喜和の声がした。

「ごめんなさい」

客に一礼して、志乃は席を立った。

廊下に出ると、喜和がぎこちない笑みを泛かべて、志乃を空き部屋にうながした。

「何か？」

志乃が訊ねると、

「内密のお願いがあるんだけど」

喜和が袱紗包みを差し出した。

「これを柳橋の『梅川』って船宿に届けてもらいたいの。勘定奉行の萩原さまといえばわかるわ。駕籠をよんでおいたから、ひとっ走り行ってきてもらえない？」

「はい」と袱紗包みを受け取り、

「じゃ、行ってきます」

志乃は、階段をおりていった。

店のまえに駕籠が待っていた。志乃が乗りこむと、駕籠は人ごみを縫って門前仲町を走りぬけた。

やがて永代橋の東詰めに出る。

駕籠は、永代橋を渡らずに右に折れて、大川の東岸の道を北にむかって走る。どうやら両国橋に向かうようだ。

志乃の膝の上に、ずっしりと重量感のある袱紗包みがあった。

（お金かしら？）

志乃は、ふとそう思った。そういえば喜和は「内密の頼み」といっていた。袱紗包みの中身が金だとすると、人に知られてはまずい金にちがいない。しかも相手は勘定奉行の萩原。『満華楼』と萩原の間に、いったいどんな関わりがあるのだろうか？

駕籠にゆられながら、志乃がそんなことを考えていると、ぎしぎしと敷板を踏みしめる音が聞こえてきた。駕籠は、両国橋を渡っているらしい。この橋をわたれば、柳橋はもう目と鼻の先である。


伊佐次が『梅川』の玄関わきの植え込みに身をひそめてから、すでに半刻（一時間）あまりがたっていた。そのあいだに何人かの客の出入りがあったが、いずれも萩原摂津守とは関わりのなさそうな女連れであった。

伊佐次は、次第に焦《じ》れてきた。

張り込んでいる伊佐次が焦れるぐらいだから、当の萩原はもっと苛立っているにちがいない。

と、そのとき――黒文字垣《くろもじがき》の闇のむこうにポツンと小さな明かりが泛かんだ。

伊佐次は、植え込みの陰から首を突きだして、目をこらした。明かりがぐんぐん近づいてくる。

小田原提灯の灯である。

（来たな）

伊佐次は、固唾をのんで闇に目をすえた。

駕籠が止まり、人影がおり立った。

人影は、駕籠が走り去るのを見届け、黒文字垣に沿ってゆっくり歩をすすめる。

垣根の切れ目に、自然木の門柱を二本立てた吹抜門があり、一本の門柱に『梅川』の角行燈が掛かっている。その明かりの下にひっそりと人影が立った。

あっ、と伊佐次が息をのんだ。

志乃である。

――まさか……。

一瞬、伊佐次はわが目を疑った。

袱紗包みをかかえた志乃が、ためらうように吹抜門のまえに佇立《ちょりつ》している。

(萩原の待ち人とは、志乃さんか……)

おそらく『満華楼』の女将に言いふくめられて、萩原の酒の相手をするために差し向けられたのだろう。

しかし『梅川』は男と女の〝隠れ遊び〟の場所である。酒の相手だけですむわけがない。志乃はそのことを知っているのだろうか。

伊佐次の胸に一抹の不安がよぎった。

と――門の前に佇んでいた志乃が、急に思い立ったようにくるりと背を返して、闇のなかに足早に立ち去った。

志乃のあとを追うか、このまま張り込みをつづけるか、伊佐次は一瞬迷った。その一瞬の迷いが、実は、このあとの展開を大きく左右することになるのだか、もちろん、伊佐次は知る由もない。

志乃は、蠣殻町《かきがらちょう》の『風月庵』にむかっていた。両手にずしりと重量感のある袱紗包みを抱えている。この包みの中身が金であることは、おおよその察しがついていた。しかも、それは勘定奉行・萩原摂津守に「内密」に渡す金である。

――このことを死神の旦那に知らせなければ……。

そう思って、志乃は『風月庵』に足をむけたのである。袱紗包みの中身が「内密」の金だとすれば、『満華楼』と萩原をむすぶ有力な証拠になる。あるいは、金と一緒に何か重要な書状でも入っているかもしれない。

いずれにせよ、この袱紗包みは、幻十郎を愉ばせるに充分な物証であることはまちがいなかった。

柳橋の明かりが途切れ、浅草橋の北詰めにさしかかったときである。

突然、前方の闇に人影がわいた。四つの影が行く手をふさぐように立ちはだかっている。志乃は不審げに足をとめて、闇に目をすえた。

「お志乃……」

低い、陰気な声がひびいた。聞き覚えのある声である。

「どこへ行くんだ？」

闇の中から姿を現したのは、『満華楼』の番頭・嘉平だった。背後に三人の浪人がいた。幻十郎を襲った、あの浪人たちである。

志乃の顔からさっと血の気が失せた。

「おれは疑い深い男だ。おかみさんはおめえを買ってるようだが、おれは初手《はな》から信用してなかった」

嘉平はそういって、ふふふと鼻で嗤《わら》った。

「案の定、おれの勘が当たったようだな」

志乃の手から袱紗包みが落ちた。チャリンチャリンと包みの中から小判が数枚ころがり出た。

志乃が身をひるがえそうとすると、それよりはやく、三人の浪人が志乃の退路をふさいだ。同時に、狐目の浪人が、志乃の鳩尾《みぞおち》に当て身をくらわせた。

声もなく、志乃の躰がぐらりと揺らぎ、前のめりにくずれ落ちた。

三人の浪人は、失神した志乃を軽々と抱えあげ、小走りに闇のかなたに走り去った。

付近の柳の老木の陰で、一部始終を目撃していた男がいた。

伊佐次である。

（一足、遅かった――）

伊佐次は、痛恨の想いをかみしめながら、走り去る四人の影を追った。『梅川』の門前から志乃が立ち去ってゆくのを見たとき、追おうか、張り込みをつづけるか、一瞬迷った。迷いながらも、伊佐次の胸には拭いきれぬ不吉な予感があった。なぜか、妙に胸さわぎがしたのである。それで、すぐ志乃のあとを追ってきたのだか――結局、間に合わなかった。一瞬の迷いが、重大な結果を招いてしまったのである。あのとき、志乃を呼びとめて、事情を説明しておけば、こんなことにはならなかっただろう。

志乃の躰を担いだ三人の浪人は、嘉平に先導されて浅草橋の土手の新橋をわたり、豊島町の入り組んだ路地を右に左に曲がりくねりながら走って行く。

伊佐次は、四人に気《け》どられぬように軒下の闇をひろって追走した。

ちょうど路地が切れたあたりに、ポツンと小さな一軒家が見えた。旧い仕舞屋《しもたや》である。その家の前で嘉平が足をとめ、ここだ、と背後をふり返って手招きした。どうやら嘉平の住まいであるらしい。志乃の躰を担いだまま、三人の浪人が家の中に姿を消した。

それを見届けて、伊佐次はすばやく身をひるがえした。

3

ずんっ。

鈍い音がして腰に激痛がはしった。その痛みで、志乃は意識をとり戻した。

——ここは……？

一瞬、自分がどこにいるのか、わからなかった。ぼやけた視界に映っているのは、薄暗い空間だった。家具も調度もない、六畳ほどの部屋である。

ずんっ。また腰のあたりに激痛がはしった。小肥りの浪人が、刀の鐺《こじり》で志乃の腰を突いたのだ。

「気がついたようだな」

嘉平のせせら笑う顔が見えた。

畳にあぐらをかき、いぎたなく酒をむさぼっている三人の浪人の姿も目に入った。

志乃は、荒縄で柱に縛りつけられていた。両手はうしろに回され、柱に括りつけられている。腰のまわりにも二重三重のいましめがあった。

「さて、ぼちぼち始めるか」

髭面《ひげづら》の浪人が、酷薄な笑みをきざみながら、立ちあがり、志乃の顔をのぞき込んだ。

「女、誰にたのまれて『満華楼』に探りに入った？」

志乃が、口を引きむすんで顔をそむけると、髭面が、いきなり顎《あご》をつかんで、そむけた顔をねじるようにぐいと引きもどした。

「言え」

志乃の顔に、酒臭い息が吹きかかった。

「あの包みを誰に届けるつもりだったんだ？」

志乃は、口を引きむすんだまま、貝のように押し黙っている。

「ふふふ、ま、いいだろう。ゆっくり楽しませてもらうぜ」

いきなり着物の襟を両手で押しひろげた。胸元から白い、ゆたかな乳房がぼろんとこぼれ出た。髭面は、二つの隆起をわしづかみにして、むさぼるように乳首を吸った。

志乃は、必死にあらがおうと身をもがくが、荒縄でいましめられた躰はびくとも動かない。

髭面が、舌先で執拗に乳首をねぶる。

「ふふふ、立ってきたぞ」

唾液でぬめった乳首がツンと立っている。

「おい、糸をくれ」

「へい」

嘉平が、木綿糸の束を差し出した。髭面は糸を受け取ると、志乃の乳首に巻きつけてキリリと締めあげた。

「あっ」

志乃が小さな悲鳴を発した。乳首の先端に針を刺されたような鋭い痛みが奔《はし》る。

「さあ、言え。誰にたのまれた」

木綿糸が容赦なく志乃の乳首に食いこむ。

「わ、たしは……何も……知りません」

痛みに耐えながら、志乃は必死に首をふった。

「とぼけるなッ」

髭面が、業をにやして、いきなり志乃の横面を張った。

「手荒な真似はやめろ」

狐目の浪人が、飲みかけの猪口を畳において、うっそりと立ちあがった。

「舌でも噛み切られたら、元も子もあるまい」

と髭面を押しのけて、志乃の前に立つや、ふところから手拭いを取りだして、志乃の口に猿ぐつわを噛ませた。

「このあと佐賀町の寮に運んで、萩原さまの慰めものにしようかと思っております。なるべく傷をつけぬよう取り扱っていただきたいのですが――」

嘉平が、手を揉みながら、浪人たちをなだめるようにいった。

「わかっている」狐目が卑猥な笑みを泛かべ、「いい女だ……萩原摂津守もさぞ悦ぶだろう」

やおら着物の裾をひろげた。蹴出しの間から、抜けるように白く、つややかな太腿が露出した。

狐目の手がつるりと股間にすべりこむ。

あっ、と志乃が身をよじった。

秘所に指が入ったのである。

「ここが女の責めどころよ」

着物の裾をたくしあげて荒縄の間に差しこむ。

おおっ、と小肥りの浪人が思わず声を発した。髭面もごくりと生唾をのみこむ。

志乃の下半身がむき出しになっている。

恥辱に耐えながら、志乃は両腿を固く閉ざした。

「嘉平、脚をひろげてくれ」

「へい」

嘉平が志乃の足元に屈みこみ、両足首をつかんで竹を割くように左右に押しひろげた。黒い秘毛の奥の淡紅色の花弁が、男たちの目にさらされる。

狐目は、畳の上の刀をひろうと、鞘の鐺《こじり》を志乃の秘所に押しあて、

「この鞘がどこまで入るか見ものだな。素直に吐けばすぐ抜いてやる」

ぐりっと鐺を押しこんだ。

「ああっ」

志乃が身をよじった。鞘の先端が淡紅色の内ひだを押しわけて、さらに奥へ挿しこまれる。唇をかみしめて志乃は必死に堪えた。

「強情な女だ」

「手ぬるい！」

髭面が、獰猛に吼えた。

「ひと思いに女陰《ほと》をつき破ってやれ！」

「ま、待て！」

小肥りの浪人が叫んだ。

「その前に、おれにも楽しませてくれ」

着物の前を割って、屹立した一物をつかみ出した。

狐目が、にやりと卑猥な笑みを泛かべ、

「ふふふ、それも一興……」

志乃の秘所から鞘先を抜いた。

「存分に楽しめ」

「も、もう我慢がならん！」

小肥りが、怒張した一物を志乃の秘所に挿しこもうとしたそのとき――。

ばりっ。襖を蹴破って、二つの影が矢のようにとびこんできた。

幻十郎と伊佐次である。

「き、貴様ッ！」

狐目が叫ぶよりはやく、幻十郎の刀が一閃した。血飛沫をあげて狐目の躰が畳にころがった。

「お、おのれ」

髭面が猛然と斬りかかる。小肥りもあわてて刀をひろい、抜刀した。

幻十郎は、髭面の刀を峰ではじき返すと、すっと躰を沈めた。横合いから小肥りの浪人が突いてくる。幻十郎は、片膝をついたまま刀を横に払った。肉を断つ鈍い音とともに、腹を一文字に裂かれた小肥りがドッと仰向けにころがった。

その隙に、背後にまわり込んだ髭面が、上段から刀をふりおろした。一瞬はやく、幻十郎の躰が畳のうえを一転した。振りおろされた刀がぐさりと畳に突き刺さる。あわてて引き抜こうとする髭面の背に、幻十郎の刀がうなりをあげて飛んだ。

袈裟がけの一太刀である。

右肩から背中にかけてざっくり斬り裂かれた髭面は、血へどを吐いて突んのめった。

三人が斬り斃《たお》されるのを見るや、嘉平が障子を蹴倒して、ころがるように濡れ縁から表にとび出した。間髪をいれず、幻十郎が畳を蹴って躍りかかり、背中に一刀を浴びせた。声もなく嘉平は地べたにころがった。

幻十郎は、刀の血しずくを払って鞘におさめ、ゆっくりふり返った。

伊佐次が志乃のいましめを解いている。

「旦那……」

志乃が、乱れた着物をなおしながら、深々と頭を下げた。礼を言おうとしているのだが、言葉が出ない。顔をあげた志乃の目にきらりと光るものがあった。精一杯の感謝の涙である。

幻十郎は、無言で背をかえした。

「さ、行きやしょう」

伊佐次がうながした。

4

志乃を堀留町の家に送りとどけて、幻十郎と伊佐次は『風月庵』にもどった。

志乃をひとり残していくことに、伊佐次はちょっぴり不満顔を示したが、さりとて、二人がそばに付いていてやったとしても、浪人どもに辱《はずかし》められた志乃の心の傷を癒してやることはできまい。こんなときは、却ってそっとしておいてやったほうがいい。

それが志乃に対する心づかいであった。

『風月庵』にもどると、伊佐次は囲炉裏に粗朶《そだ》をくべ、火をおこした。

「志乃さんは、勘定奉行・萩原摂津守の人身御供にされようとしたんですよ」

赤々と燃える炎に目をやりながら、伊佐次が腹立たしげにいった。

幻十郎は、無言で考えている。

勘定奉行の萩原が、阿片密売一味の陰で、どんな役割を果していたのかはわからない。しかし、今夜の一件で『満華楼』と萩原のつながりは、明確になった。

「旦那、考えるまでもありやせん。一味の黒幕は――」

いいかけた伊佐次を制して、

「いや、もう一人いる」

幻十郎が、ぼそっといった。

「へ？」

「蔵前片町の名主・益田屋文右衛門。この男がどう関わっていたか、見定めるのが先決だ」

「その後、鬼八さんから連絡は？」

伊佐次が訊いた。

幻十郎は、首をふった。

「やつも手こずってるようだな」


翌日の午後――。

幻十郎が、薬研堀の『四つ目屋』を訪ねると、

「ちょうど旦那のところへ伺おうかと思っていたところで……」

鬼八が恐縮するようにいった。

「何かわかったのか？」

「今夜、『満華楼』の女将と益田屋がひそかに会う段取りになってるそうです」

「そうか――」

「実は、あっしも手を焼いていたところなんですがね」

「益田屋のことか？」

「へえ。どう探りを入れても、野郎と一味のつながりが見えてこねえんです。このさい、力ずくで益田屋を締めあげてみたらどうでしょうか」

幻十郎が首肯《うなず》いた。

一味はすでに動き出している。唐の女・お栄を殺し、阿片買い入れ元の巳之助の口をふさぎ、そして昨夜は、志乃に攻撃の矛先をむけてきた。

――そろそろ、こっちが動くときかもしれぬ。

「で――二人の密会の場所と時刻はわかっているのか？」

「抜かりはありやせん」

鬼八が自信たっぷりにうなずいた。


永代橋の橋下あたりに、障子に明かりをにじませた屋根舟が、川の流れにまかせてゆったりと浮いている。

風もなく、川面にはさざ波ひとつ立っていない。

闇の中に川舟の明かりがまばらに点在している。夏の夜の大川は、夕涼みの屋形船や物売りの舟の明かりで、さながら光の帯のように川面が埋めつくされるのだが、さすがにこの季節は往来する舟の数も少ない。

屋根舟の中では、『満華楼』の女将・喜和と蔵前片町の町名主・益田屋文右衛門が、火桶をはさんで酒をくみかわしていた。

「つまり、お前さんとの縁もこれで終わりだと、そういいたいんだね？」

文右衛門が不機嫌にいった。

「そうはいっちゃおりませんよ」

喜和が、子供をあやすような口調でいう。

「ただ、ほとぼりが冷めるまで、しばらくお会いしないほうがいいだろうと……わたしたちのためにも、益田屋さんのためにも」

承知できない、といった顔で文右衛門は押し黙った。

「そんな聞き分けのない顔をなさらないで……さ」

喜和が婉然と笑みを泛かべて酌をする。

「ゆうべ、あんなことがあったばかりですからねえ」

昨夜の一件は、すでに喜和の耳にも入っていた。

「萩原さまも、ご了解なさってくだすったことですし――」

「お喜和……」

文右衛門が、ふいに喜和の手をとって引き寄せた。なすがままに喜和は躰をあずけた。

「しばらくの間だね？　しばらくの間辛抱すればいいんだね」

「そう。ほとぼりが冷めるまで、しばらくの間……」

「じゃ、せめて今夜は――」

いきなり喜和の胸に手をさしこみ、首すじに唇を這わせた。

「あ、ああ……」

喘ぎながら喜和は躰を横たえた。文右衛門が荒い息づかいで喜和の躰にのしかかった。

ぐらり、舟がゆらいだ。

外では——老船頭がそしらぬ顔で煙管をふかしながら櫓《ろ》を操っている。

と、突然、闇の中から音もなく一挺の猪牙舟がすべり寄り、屋根舟の艫《とも》に舳先《へさき》をつけた。と見るや、二つの影が飛鳥のように宙を飛んで屋根舟にとび移ってきた。

幻十郎と鬼八である。

船頭が気配に気づいてふり返った。刹那、ガッと当て身をくわされ、声を発する間もなく、船床に倒れこんだ。

中では——喜和があられもなく下肢をひろげ、文右衛門の一物を秘所にさそい込もうとしていた。

がらり。障子が開いた。

「だ、誰！」

はね起きた喜和の口を、鬼八の手がふさぐ。

「な、なんだい！　お前さんたちは」

文右衛門が怒声を張りあげた。

「静かにしろ」

幻十郎が刀を引きぬいて、鼻面に切っ先を突きつける。とたんに文右衛門はぶるぶると躰を慄《ふる》わせて後ずさった。鬼八が喜和の口に猿ぐつわを噛ませ、手ばやく細引きで縛りあげる。

「貴様に聞きたいことがある」

幻十郎が、文右衛門の首筋にぴたりと刀を押しつけた。

「貴様と満華楼とはどういう関わりだ？」

「し、知らん。わたしは何も知らん！」

文右衛門が激しく首をふった。幻十郎の刀が目にもとまらぬ迅さで一閃した。

「うわッ」

悲鳴とともに宙に飛んだのは、文右衛門の元結《もとゆい》だった。ざんばら髪になった文右衛門の顔から、みるみる血の気がひいていく。

「今度は間違いなく首が飛ぶぜ」

「わ、わかった」

文右衛門が、呻くようにいった。

「わ、わたしは……この女に、たらしこまれたんだ——」

そういって文右衛門は、細引きで縛られ、床にころがされている喜和を、恨みがましい目で見やった。

喜和と知り合うまでの文右衛門は、酒も女もやらぬ、文字どおり木石のような堅物であった。ある日、蔵前片町の町役人にさそわれて、はじめて料理茶屋に足を踏みいれた。それが『満華楼』だった。

その日、文右衛門の相手をしたのは、女将の喜和であった。十五のときから深川の水茶屋につとめ、何十人何百人という男に磨きこまれた喜和の豊満な肉体と、男の悦ぶ壺を心得きった巧みな性技は、たちまち文右衛門を虜《とりこ》にしてしまった。

その喜和から、阿片密売の話をもちかけられたのは一年ほど前だった。

阿片を買い入れる資金を提供してくれというのである。当然のことだが、文右衛門はこの要求を言下に断った。町名主という立場もあったが、その額が途方もなく巨額だったからである。

喜和が要求した額は、一万両だった。

「そんな大金、とてもわたしには……」

文右衛門は、なかば呆れ顔で笑殺した。

「いいえ、旦那なら工面できるはずです」

喜和が真顔でいった。

「いったい、どうやって？」

「浅草町会所の七分《しちぶ》積金《つみきん》をちょいと流用すればいいんですよ」

「ま、まさか……！」

文右衛門は、仰天した。

「七分積金の法」を制定したのは、松平定信（楽翁）である。

定信が、老中首座として幕政の頂点に君臨していたとき、天明五年（一七八五）から寛政元年（一七八九）までの五年間の町入用費（自治費）の数字を詳細に検討した結果、約三万七千両が節約できるとみて、その七分を天災や飢饉対策として備蓄させる制度を発足させたのである。

寛政三年の七分積金は、年額二万五千九百両にのぼる。これを毎年積み立てていくのだから、総額は巨額になる。積み立てられた金の一部は、飢饉にそなえて籾《もみ》の買い入れに充てられ、残りは商人に貸し付けて利子をとった。

文政十一年の積み立て残高は、実に四十六万二千両余、貸し付け金は二十八万両にのぼったという。

寛政四年（一七九二）に、定信は浅草に町会所と囲い籾蔵《もみぐら》を完成させ、定掛肝煎年番名主に七分積金の管理運用をまかせ、勘定奉行にその監督を任じた。

蔵前片町の町名主・益田屋文右衛門は、七分積金の運用管理を担当する浅草町会所の定掛肝煎年番名主である。数十万両にのぼる巨額の積み立て金の中から、一万両の金を阿片買い入れの資金に流すのは、そう難しいことではない。しかも、それを監督する勘定奉行の萩原摂津守も一味のグルなのだ。帳簿の数字を書き換えて、萩原がそれに判をおせば、すべてが闇の中である。

結局、文右衛門は、喜和の甘言と肉体の罠にはまって、ずるずると阿片密売一味の掌中に堕ちていったのである。

同じように勘定奉行の萩原も、色と欲におぼれて一味の片棒を担ぐ羽目になったのだろう。こうして七分積金の中から一万両を引き出した『満華楼』の惣兵衛は、その金で長崎廻船の船長《ふなおさ》・巳之助から大量の阿片を買い込み、江戸中にばらまいたのである。

「南町の隠密同心・吉見伝四郎に悪知恵をふきこんだのも、貴様だな？」

文右衛門の首筋にぐいと刀の刃を押しつけて、幻十郎が詰問した。

「あ、あの男は……七分積金の不正流用を嗅ぎつけてきたんだ……」

文右衛門が、呻くようにいう。

5

吉見の摘発を恐れた文右衛門は、『満華楼』のあるじ・惣兵衛に相談した。

「はやく手を打たんと、えらいことになるぞ」

文右衛門が切羽つまった顔で訴えると、惣兵衛は、まるで他人事《ひとごと》のように冷やかな

表情で、

「益田屋さん。実は、うちのほうも困ったことになりましてねえ」

ちょうどそのころ、惣兵衛が雇った三人の阿片密売人の身辺にも、南町の定町廻り、神山源十郎の探索の手が迫っていたのである。

「それはまずい！」

文右衛門の顔が蒼ざめた。

「ですが、ご心配にはおよびませんよ。手前に妙案があります。その二人を同時に闇に葬る妙案がね」

惣兵衛が考えた「妙案」というのは、吉見伝四郎を金と女と阿片で骨抜きにしたうえ、神山源十郎の妻・織絵を犯させる、という卑劣きわまりない策謀であった。

「それも亭主の帰宅時刻を見計らってやらせるんです。自分の女房が手込めにされている場を目のあたりにしたら、源十郎だって黙ってはおらんでしょう。十中八九、その場で叩っ斬るはずです。そうなればこちらの思う壺。お上から拝領したお組屋敷で刃傷沙汰を起こしたとなれば、斬った神山源十郎も無事じゃすみませんからな」

「なるほど……」

文右衛門が、感心するようにうなずく。

「とにかく益田屋さん、吉見伝四郎という男を一度うちに連れてきてもらえませんか。

あとのことは手前どもにおまかせください。たいていの男なら、女を抱かせ、金をにぎらせれば手もなく落ちます。それで駄目なら阿片漬けにしてやりますよ」

惣兵衛が自信たっぷりにいった通り、吉見伝四郎は、金と女と阿片にまみれたあげく、惣兵衛が仕組んだ罠にまんまとはまったのである。

「それと同じ手口で、今度は吟味与力の大庭弥之助を抱きこみ、神山源十郎を『斬罪』の刑におとしいれた……そういうことだな？」

幻十郎が、凄い形相で訊いた。半年前のあの怒りがめらめらと胸に燃えたぎってくる。

「そ、そうだ……」

文右衛門が、苦しげに顔をゆがめた。

「もう一つ、訊く。一万両で買い込んだ阿片はどこにある？」

「知らん」

「言え」

刀の刃先が文右衛門の首に食い込む。糸を引くように血が一筋たらりと流れた。

「ほ、本当に知らんのだ！」

「鬼八、女の猿ぐつわをはずしてやれ」

「へい」

　鬼八が喜和の猿ぐつわをはずすと、

「あ、あたしも知りませんよ！」喜和が必死に首をふった。「それより、あんたたち、いったい何者なんだい！」

「死神だ」

　えっと喜和が目をむいた。

「おれの眉間の傷痕《きず》を見ろ。一筋は神山源十郎、一筋はその妻・織絵。ふたりの仇を討つために地獄からきた死神だ」

「ちょ、ちょっと待っておくれよ。まさか、あたしたちを……」

「生かしておくわけにはいかんな」

「冗談じゃないよ！　あたしゃ、あんたたちに恨まれるようなことなんか何もしちゃいない。神山源十郎なんて人にも、一度も会ったことがないんだよ！」

「いま、お前さんの目の前にいるのが、神山源十郎だ」

「な、なんですって！」

「ば、莫迦な！　お前たちは、ただの押し込みだ！　金が欲しいならくれてやる！」

　文右衛門が、狂ったように喚きながら、紙入れから小判を取り出し、幻十郎の足もとにチャリンチャリンとばらまいた。

「さ、この金を持って、とっとと消えうせろ！」

「一言、いっておくが……」

幻十郎が、抜き身を下げたまま、文右衛門を射すくめた。

「金で命は買えねえぜ」

吐き捨てるや、斜めに刀を薙いだ。ザッと血しぶきが飛び散り、あたり一面が朱に染まった。船床の血溜まりに、蘇芳《すおう》びたしの文右衛門の首がころがった。

「ヒイッ」

声にならぬ叫びをあげて、喜和が気絶した。

「どうします？　この女」

鬼八が聞くと、

「殺せ」

一言、幻十郎が、冷然といいはなった。

鬼八は無言でうなずき、喜和の首に手を回すと、一方の手で頭を抑え、力一杯に押しやった。グキッと首の骨の折れる音がして、喜和の首が力なく直角に前に倒れた。

不意に、舟が揺れはじめた。障子がびりびりと顫《ふる》えている。

風が出てきたようだ。

幻十郎と鬼八が屋根舟の艫につないだ猪牙舟に乗り移って、永代橋のかなたに姿を消してから、半刻もたたぬうちに、急に風が強まり、大つぶの雨が落ちてきた。

大川の川面に白浪がたつ。

吹き荒れる風、横なぐりの雨。

猛り狂う冬の嵐。

半刻(一時間)後――大時化《しけ》の江戸湾に、木の葉のように翻弄されて漂流する一艘の小舟があった。

益田屋文右衛門と喜和の死骸をのせた屋根舟である。

『満華楼』のあるじ惣兵衛のもとに、二人の乗った屋根舟が行方を消したとの知らせが入ったのは、嵐が吹きやんだ翌日の午後であった。

第八章　死に花

1

『浴恩園』の書院の陽だまりで、楽翁は一枚の料紙に目を落としながら、追懐にふけっていた。

三十年前に断行した「寛政の改革」が、世間でいわれるような「失政」ではなかった、といまでも固く信じている。

生涯の怨敵・一橋治済《はるさだ》と大奥勢力、旧田沼派のクーデターによって政権の座から引きずりおろされ、志なかばにして「改革」は頓挫したものの、在任わずか七年で、賄賂政治の一掃、節倹政策による財政再建、大奥の粛正、人足寄場の設置、七分金積立制の創設、浅草町会所・囲い籾蔵《もみぐら》の設置などを成しとげた。そのどれひとつをとっても、祖父の八代将軍・吉宗の「享保の改革」に比肩しうる施策だったと、楽翁は自負している。

——だが、三十年後のいまはどうだ？

一橋治済が大御所として幕政の全権を掌握し、息子・十一代将軍家斉《いえなり》の周囲には、媚びへつらう者ばかりを配し、綱紀麻のごとく乱れ、公然と賄賂政治が横行。武士たちは奢侈《しゃし》逸楽をむさぼり、幕閣の老臣たちは口をそろえて、元禄時代を凌駕する爛熟の時代を迎えた、とうそぶく。

その代表格ともいえる人物が、田沼意次《おきつぐ》に勝るとも劣らぬ賄賂是認者——いや、賄賂政治の積極的推進者といわれる老中・水野出羽守忠成《ただあきら》であった。意次の四男・意《おき》正《まさ》を若年寄に起用し、遠州相良《さがら》藩に復帰させたのも、実は、この忠成である。

田沼全盛時代に老中職にあった水野忠友の婿養子・忠成と、おなじ忠友の養子でありながら、田沼失脚と同時に離縁されて、田沼家に復籍していた意正とが、三十数年の歳月をへて手をむすんだのである。

賄賂好きの水野忠成の豪奢な暮らしは想像を絶するものがあった。本所吾妻橋河畔に宏大な築庭つきの別邸をかまえ、寄り付けの床に狩野元信の掛け軸をかけ、黄金《きん》の米俵二俵の上に白銀の鶏がとまった香炉をおき、金の茶釜や南京焼の水差、安南黄色の香合、黄金の棗《なつめ》などを配して、豪華な茶会に明け暮れていたという。

十一代将軍・家斉の寵遇をうけ、公然と賄賂をむさぼって私腹を肥やす老中・水野忠成と、田沼意次の息子・意正が手をむすんだことで、一橋治済―将軍家斉―水野忠成―田沼意正、という腐敗構造が再構築されたのである。
それは、まさに楽翁が杞憂していた「田沼時代」の再来であった。

『水の（野）出て　もとの田沼にもどりける』

この落首が何よりもそれを雄弁に語っている。
楽翁の胸裏には、ふつふつと煮えたぎる怒りがあった。
腐敗した現政権への憤怒は数かぎりがないが、その中で、楽翁をもっとも激烈に怒らせたのは、いま手にしている一枚の料紙であった。

《勘定奉行・萩原摂津守》
《蔵前片町名主・益田屋文右衛門》
《満華楼あるじ惣兵衛》

料紙には、大きな字で三人の名前がしたためられてある。いつぞや幻十郎が書きしるしたものを、孫兵衛が持ち帰って楽翁に手わたしたのである。

――わしが創設した七分積金を食い荒らすやつらがいる。

この料紙を見た瞬間、楽翁は、すべてを看破していた。

勘定奉行・萩原摂津守は、七分積金の運用を監督する最高責任者である。そして、蔵前片町の名主・益田屋文右衛門は、浅草町会所の定掛肝煎年番名主として、それを管理運用する任にある。その二人に阿片密売一味の元締めと目される満華楼の惣兵衛がからんでいるとなれば、三人の目的は一つしか考えられない。

七分積金の不正流用である。

その額がどれほどになるか、わからない。しかし、不正流用した金を阿片密売につぎ込めば、何増倍、何十倍の利益を産みだす。そうやって増殖された巨額の金は、惣兵衛から若年寄・田沼意正へと流れ、さらには老中・水野忠成や一橋治済のふところを潤すに相違あるまい。

――許せぬ。

楽翁は、料紙をわしづかみにするや、すっくと立ち上がった。

「孫兵衛、孫兵衛はおらぬか！」

奥に声をかけると、すぐさま廊下に足音がひびき、

「お呼びでございますか？」

襖越しに、孫兵衛の声がした。

「出かける。供をいたせ」

「ははっ」


小半刻後――。

『風月庵』の板間に、頭巾をかぶった楽翁と孫兵衛の姿があった。その前に、幻十郎と伊佐次が威儀を正している。

楽翁が、おもむろに口をひらいた。

「老中・水野出羽守や若年寄・田沼意正が賄賂をむさぼり、私腹を肥やしていることは、わしも承知している。この弊風はいずれ天が正してくれよう。しかし」

楽翁は、怒りを叩きつけるように、最後の「しかし」という言葉に力をこめた。

「七分積金は、不時の天災や飢饉にそなえるために、わしが創設した制度じゃ。その金に手をつけることは、公方さまとて許されぬ。ましてや勘定奉行の萩原ごときに専断されるのは、許しがたきこと」

激昂して、楽翁は、例の料紙を畳に叩きつけた。

「この三人を即刻始末せい！」

幻十郎が、楽翁の顔を見返していう。

「すでに、蔵前片町の名主・益田屋文右衛門は、『満華楼』の女将ともども、昨夜始末いたしました」

「ならば話ははやい。残りはあと二人だ。今日中にこの二人を始末せよ」

「しかし」

といいかけた幻十郎を、孫兵衛が手で制した。

「幻十郎、これは主命であるぞ」

「…………」

幻十郎は、黙っている。「主命」という言葉が気に入らなかった。楽翁から陰扶持をもらっているのは事実だが、主従の関係をむすんだ覚えはない。

楽翁が語をついだ。

「わしが決断し、わしが下した命に、その方たちは逆らうことはできぬ。黙って従うだけじゃ」

有無をいわせぬ口吻である。

「よいな。いささかの遅疑もならぬ。この二人、ただちに抹殺せい」

いいはなつや、孫兵衛をうながして立ちあがった。

伊佐次が、二人を玄関に送りにいった。

幻十郎は、囲炉裏端に座りこんだまま、赤々と燃える榾火《ほたび》にじっと目をすえている。

――絶対服従。

その言葉に、幻十郎は強い反発を感じていた。楽翁が一言「殺せ」といえば、相手が誰であろうと殺さなければならない。絶対服従とはそういうことである。

――それが危うい。

楽翁は、物事を感情で判断する男である。その判断が絶対的に、そして常に正しいという保証はなにもない。〝殺しの道具〟にされるのは真っ平だ。

そこへ、伊佐次がもどってきて、

「どうしやす？」

と幻十郎の顔をのぞき込んだ。

「なにが？」

「楽翁さまには逆らえやせんぜ」

「前にも言ったとおりだ」

「え？」

「おれは楽翁の操り人形じゃねえ」

「けど――」

「伊佐次」

と伊佐次の顔を見すえた。

「おれは、物心がついたころから、定町廻りの親父の背中を見て育った。親父は他人のいうことを信用しなかった。相手が奉行だろうが、上役だろうが、いっさい耳を貸そうとはしなかった。自分の目で見、自分の耳で聞いたことしか信じなかった。そんな親父の性分が、いつの間にかおれの身にもしみついちまった」

「だから、楽翁さんの言いなりにはならねえと……」

「誰の言いなりにもならねえ」

「………」

「いずれ、この二人は消す」

幻十郎は、例の料紙を手にとって、囲炉裏の火にくべた。料紙がめらめらと燃えあがり、数片の灰が花びらのように舞いあがった。

「だが、その前に二人の正体を、しかとこの目で見さだめる。それがおれのやり方だ」

「旦那、その仕事、あっしにやらせておくんなさい」

「何か策でもあるのか？」

「萩原の屋敷にしのびこんで、七分積金の帳簿を盗み出すんで……。もし、その帳簿に何かからくりでもあれば、動かぬ証拠になりやす」

「あぶねえ橋だな」

「あっしは元々盗っ人なんですぜ」

そういって、伊佐次はにやりと笑った。

2

神田錦小路の武家屋敷街は、ひっそりと闇の底に沈んでいた。どの屋敷の門も、固く閉ざされて、明かり一つ洩れてこない。

四更――午前二時ごろ。

萩原摂津守の屋敷の裏門付近に、つっ、と黒影が奔《はし》った。鈍色《にびいろ》の盗っ人装束をまとった伊佐次である。なまこ塀に躰を張りつけ、懐中から鉤縄をとりだすと、塀の外に張りだした楠木の枝を目がけて投げた。

カチッ。かすかな音がして鉤が枝にかかった。縄をつたってスルスルと塀をよじ登る。楠木の枝から中奥の屋根にとび移る。

張り込みをしていたときに、屋敷内の結構はあらかた見当をつけておいた。

中奥の屋根から、さらに母屋の屋根に跳ぶ。野猿のように身軽で敏捷な身のこなしである。

母屋の屋根をつたって、西側の大庇《おおびさし》へと躰を這わせ、屋根瓦を数枚はずす。人ひとりがやっと入れるほどの穴があいた。その穴にスルリと躰をすべり込ませる。

中は真っ暗な空間である。

伊佐次は、ふところから布包みをとり出してひらいた。盗みの七ツ道具が入っている。懐炉の火種で小指ほどの蠟燭《ろうそく》に灯《ひ》をつける。

ポッとほのかな明かりが闇を散らした。

そこは梁《はり》や横木が無数に入り組んだ天井裏である。

蠟燭の明かりをたよりに、伊佐次は音もなく奥へ這いすすんだ。

——ここか？

と見当をつけたあたりの天井板をずらして、下をのぞき込む。付書院《つけしょいん》造りの八畳ほどの部屋である。萩原の私室らしい。梁に鉤縄を引っかけ、縄をつたって蜘蛛のようにすべりおりる。

見回すと、付書院の棚に、黒漆塗りの手文庫がいくつかあった。その手文庫の一つひとつを手早くあらためる。

——これだ！

三つ目の手文庫をあけたとき、一冊の分厚い帳簿が目に入った。帳簿の表紙には、『七分積金町入用留帳』とある。

披《ひら》いて見る。細かい数字がびっしりと書き込まれている。巻末に総計らしい数字があった。その数字のいくつかに明らかに改竄《かいざん》された痕跡があった。

と、そのとき、突然、背後の襖がからりと開いた。ふり向いた瞬間、銀色の光が目のすみによぎった。小柄《こづか》である。飛来した小柄は、伊佐次の肩をかすめて付書院の柱に突き刺さった。

「とぶねずみ、何を探りにきた?」

低い、野太い声がした。

闇に、屈強の侍が仁王立ちしている。田沼意正の屋敷に呼ばれた柳生但馬守英次郎の配下・鷹森兵部《ひょうぶ》であった。兵部は意正の内命をうけて、萩原の屋敷の警備の任にあたっていたのである。

伊佐次は、とっさに身をひるがえし、華燈窓《かとうまど》を突きやぶって、表にとび出した。兵部は、悠然と庭に面した障子を開けはなち、縁側から庭におりた。

「ふふふ、ばかなやつめ」

兵部が、嗤笑《ししょう》した。

十数人の影が半円の陣形を組んで、伊佐次をとり囲んでいた。事前に兵部が伏せておいた萩原家の家士たちである。

「袋のねずみとは、まさにこのことよ」

兵部が刀の柄に手をかけた。伊佐次がじりっと後ずさる。兵部が抜き打ちの一閃をはなった。瞬息の斬撃である。切っ先が伊佐次の太腿を裂いた。鈍色の股引きの下から、じわりと血がにじみ出た。

手負いの獲物を網に追い込むように、家士たちの包囲網がじわじわと縮まる。

「こ、殺せ！」

伊佐次が呻いた。

「そうはいかん。雇いぬしの名を吐くまでは、殺すわけにはいかぬ」

兵部の顔に残忍な笑みが泛かぶ。

「まずは両手足の指を一本ずつ斬り落とし、次に鼻を削ぐ。それでも吐かぬとあらば両眼を一つずつ刳《く》り抜いてやる」

というや、

「こやつを捕り押さえろ！」

家士たちに下知した。二人が闇を衝《つい》てとび出し、伊佐次に躍りかかろうとした。が、次の瞬間、一人が「ひッ」と悲鳴をあげて仰向けに倒れた。伊佐次の手に匕首《あいくち》がにぎられている。

「おのれ！」

もう一人が抜刀して斬りかかった。伊佐次の左肩がざっくりと割れて、血しぶきが散った。

「殺すな！　手捕りにしろ！」

兵部が怒鳴る。

血まみれになりながら、伊佐次は、がむしゃらに突進した。

家士たちがいっせいに跳動し、四方八方から白刃をあびせた。容赦のない斬撃である――が、とどめを刺そうとはしない。急所をはずし、刃先でめった斬りに斬りきざむ。まるで蛇の生殺しであった。

満身創痍《そうい》、血だるまの伊佐次には、もう戦う気力も、匕首をふるう膂力《りょりょく》もない。ただ斬られるにまかせるだけだった。

よろめく伊佐次の前に、兵部が刀をかまえて傲然と立った。

「その腕を叩っ斬ってやる」

ずいと一歩踏み出した。

刹那。伊佐次が、匕首を逆手に持ち代えて、咽喉《のど》にぐさりと突き立てた。

あっと息をのんだ兵部の足元に、血まみれの伊佐次の躰が、音を立てて倒れこんだ。

絶命している。

「こやつ……！」

兵部が、啞然と伊佐次の死体を見下ろし、悔しげに唇をかんだ。

『四つ目屋』の鬼八《きはち》が、ふらりと幻十郎を訪ねてきた。伊佐次が『風月庵』を出て、四半刻ほどたったころである。

蔵前片町の町名主・益田文右衛門と、『満華楼』の女将・喜和の死骸をのせた屋根舟が、嵐の晩に行方知れずになってから、すでに三日がたっていた。それ以来、あるじの惣兵衛はすっかり鳴りをひそめ、『満華楼』の様子にも、表立った動きはなかった。

「惣兵衛は、うすうす勘づいているのかも知れやせんぜ」

手みやげに下げてきた一升徳利の酒を茶碗につぎながら、鬼八がいった。

益田屋文右衛門と女将の喜和が、あの晩、忽然と姿を消した。それを偶然の事故と見るには、謎が多すぎる。おそらく惣兵衛は、何者かに消されたと見ているにちがいない。

「とすれば――」

鬼八が、茶碗酒をぐびりと飲んで語をついた。

「当分やつらは動きやせんよ」

「だろうな」

幻十郎が、うなずいた。

「このまま手をこまねいてても埒《らち》があかねえ。そろそろこっちが動く番かもしれやせんぜ」

「もう動いてるさ」

「え?」鬼八がけげんそうに幻十郎の顔を見た。

「伊佐次がな」

「満華楼ですかい？」

「いや、勘定奉行・萩原摂津守の屋敷だ。七分積金の帳簿を手に入れるといって出ていった」

「そうですかい……」

「一刻もすればもどってくるだろう」

二人が酒を酌みかわしているうちに、その一刻がまたたく間にすぎていった。

3

そこは無間の闇だった。

底もなく暗く、深い闇のなかに、荒縄で緊縛された全裸の志乃が横たわっている。

黒影が三つ、志乃の裸身のまわりで、妖しげにうごめいている。一人は下腹部に顔をうずめ、秘毛の奥の花びらを舌でねぶっている。もう一人は右の乳房を、もう一人が左の乳房をむさぼるように吸っている。

緊縛された躰を三人の男たちに玩弄され、志乃は身もだえながら、かすかな喘ぎ声をもらしている。

右の乳房を口にふくんでいた男が、やおら膝立ちになり、志乃の口をこじ開けて、一物を押しこんだ。熱く怒張した肉根がぬるりと舌を這い、喉の奥ふかく挿しこまれる。

「うっ」一瞬、息がつまった。

必死にそれを吐き出そうとするのだが、口一杯に膨らんだ肉根は、容赦なく喉の奥へと突きすすんでゆく。

志乃の顔が苦悶にゆがんだ。

息ができない。

苦しい。

志乃は、渾身の力で男の躰を押しのけ、はじけるように半身を起こした。

転瞬——男たちの影は、跡形もなく消えていた。


夢だった。

額に玉のような汗が泛かんでいる。表では寒々と木枯らしが吹きつけている。雨戸がかすかな音を立てて揺れていた。

——ここは?

惘然《ぼうぜん》と四囲に目をやった。

堀留町の質屋『井筒屋』の離れである。

――いやな夢……。

ホッと吐息をつくと、志乃は蒲団をぬけ出して、行燈《あんどん》に灯《ひ》をいれた。躰が異様に火照《ほて》っている。

毎晩のように、志乃はおぞましい夢を見た。忘れようとしているのだが、あのことが頭に焼きついて離れない。浪人どもに辱められたときの心の傷は、五日たったいまも、まだ癒えていなかった。

志乃は、勝手から一升徳利をもってきて、茶碗についで一気に飲みほした。

そのとき――志乃の脳裏に卒然とよぎるものがあった。

〈このあと佐賀町の寮に運んで、萩原さまの慰めものにしようかと思っております〉

番頭の嘉平の言葉である。

(佐賀町の寮……？)

確かに、嘉平はそういった。

『満華楼』で働いていたとき、茶屋女たちにあれこれと探りを入れてみたが、「寮」があるという話は一度も耳にしなかった。おそらく、あるじの惣兵衛と女将の喜和、番頭の嘉平しか知らない秘密だったのだろう。嘉平は、その秘密をうっかり口走ったのである。

――ひょっとしたら……？

「佐賀町の寮」が、阿片密売一味の根城になっているのかもしれない。

志乃はそう思った。

幻十郎が、不安げな表情で宙に目をやり、

「それにしても、遅い……」

低く、つぶやいた。

だいぶ前に石町の七ツ（午前四時）の鐘を聞いた。伊佐次が『風月庵』を出て、もう一刻以上がたっている。

「まさか、ドジでも踏んだんじゃ？」

鬼八も、心配そうな顔で幻十郎を見た。

一升徳利の酒はほとんど空になっている。囲炉裏の榾《ほた》がパチッとはぜて、火の粉が散った。

茶碗にのこった酒を飲みほすと、幻十郎は、差料をつかみとって立ちあがった。

「様子を見に行ってくる」

「あっしもお供いたしやす」

すかさず、鬼八も立ちあがった。

外にでると、肌を刺すような寒風が頬を撫でた。

空には雲ひとつなく、下弦の月が凍えるように蒼白い月影を落としている。

蠣殻町から行徳河岸にそって真西に足をむけ、一石橋をわたって外濠沿いの道を北に歩をすすめると、やがて神田橋御門にでる。

神田橋御門をすぎたあたりに、右に折れる道があった。

錦小路である。

風が砂ぼこりを巻きあげ、路面に渦紋を描きながら、小路を吹きぬけてゆく。

萩原摂津守の屋敷は、つい先刻の流血騒ぎが嘘のように、ひっそりと静謐なたたずまいを見せていた。

と——門前に二つの黒影が立った。

幻十郎と鬼八である。

長屋門の門扉は固く閉ざされ、門番所の格子窓にも明かりはない。

「裏にまわりやしょうか？」

鬼八が、小声でいった。

「待て」

幻十郎が、ふと足もとに目をやった。地面に点々と黒い染みがついている。

屈みこんで指先で掬《すく》いとってみると、それは赤黒く変色した血であった。

「血だ……」

鬼八が、思わず地面に視線を落とした。

血痕は、門前から北にむかって点々とつづいている。血痕の左右には、小荷車の轍《わだち》の跡もあった。

幻十郎と鬼八は、足もとに目を落としながら、血痕と轍の跡を追って歩をすすめた。道はやがて、稲葉長門守の屋敷の塀に突きあたり、ゆるやかに右に折れてゆく。しばらく行くと、神田川の土堤に突きあたった。血痕と轍の跡は、そこでぷっつりと途切れていた。

鬼八が小高い土堤を駆け登っていった。登り切ったところで、突然「だ、旦那！」と叫声をあげた。

「どうした？」

幻十郎も、駆け登る。

「あ、あそこに……！」

鬼八が河原を指さした。枯れ草に包みこまれるように、黒々と何かが横たわっている。駆けおりて見ると、それは膾《なます》のように斬りきざまれ、血まみれになった伊佐次の無残な死骸であった。

「伊佐次！」

愕然と息を飲んだまま、幻十郎は絶句した。

「ひでえ……」

鬼八が、思わず顔をそむけた。

伊佐次の死骸は、萩原の屋敷から小荷車で運ばれ、この河原に打ち捨てられたのだろう。全身にべっとりと付着した血は、赤黒く変色し、すでに凝結していた。

「かわいそうに……」

鬼八が合掌し、口の中で念仏を唱えた。

幻十郎は、屈みこんで伊佐次の衣服をまさぐりはじめた。

「旦那、探したって無駄ですよ。死骸を捨てる前に、やつらだって念入りに調べたはずです」

「伊佐次はむざむざ犬死にするような男じゃねえ」

「けど……」

と、いいかけて、鬼八は次の言葉を飲みこんだ。

幻十郎が、硬直した伊佐次の口に指をさし込んで、ギリギリと押しあけている。

「だ、旦那……！」

「あったぞ」

伊佐次の口の中から、小さく折り畳んだ紙片をつまみ出した。広げてみると、それは細かい数字がびっしり羅列された帳簿の一片であった。

伊佐次は、華燈窓を突きやぶって表に逃れる直前、帳簿の巻末の頁を引き裂いて、口の中に入れたのである。

「命と引き換えに、それを……」

鬼八が言葉をつまらせた。

「律儀な男だ。きっちり死に花を咲かせていったぜ」

鬼八が、ぐすんと鼻をすすって、

「ねんごろに葬ってやりやしょう」

というと、船着場の船頭小屋にとんでいって、薪雑棒《まきざっぽう》をもってきた。

二人は、棒で河原に穴を掘り、伊佐次の死骸を埋めて立ち去った。


うす雲の切れ間から、初冬の弱々しい陽差しがこぼれている。

『浴恩園』の宏大な庭の小径を、楽翁と市田孫兵衛がそぞろ歩いていた。つい十日ばかり前に咲き誇っていた山茶花《さざんか》の花が　小径を埋めつくすように散っている。

「あの男……」

楽翁が、ふと足をとめて、

「思ったより、仕事ができる」

と孫兵衛を返り見た。

「はあ」孫兵衛がうなずく。

「だが、わしの意のままにならぬ男じゃ」

どう返事をしてよいものか、孫兵衛はちょっと困った顔でうなずいた。

「孫兵衛」

「は」

「幻十郎は、まだ動かぬのか？」

「それが、その……まだ復命は……」

孫兵衛が、しどろもどろに答える。

「つまり……まだ、なのだな？」

「はあ」

「きのうのうちにやれと申したはずだぞ。わしの命には従えぬと申すのか、あの男」

不興げに眉をよせた。

「お言葉ではございますが――」

孫兵衛が、急に背筋を伸ばして、毅然と楽翁に相対した。

「殿は、いささか短慮にすぎまする」

「短慮だと？」

「あの男は一匹の蟻《あり》にすぎぬ、蟻には蟻の流儀がある、好きなようにやらせておけ……そう申されたのは殿でございますぞ」

「確かにそういった。だが、わしの命に背けとは申しておらぬ」

「はあ」返す言葉もなく、孫兵衛は、目を伏せて沈黙した。

「孫兵衛、三十年前のことを忘れておるまいな」

「ご政道改革のことでございますか」

「そうだ」

「委細もれなく憶えておりまする」

「あれも、その一つだ。天災や飢饉で苦しむ衆庶《しゅうしょ》・民草《たみくさ》を救うための七分積金の法。あれを制定したのは、このわしじゃ」

「七分積金の法」は、楽翁の過去を飾る輝かしい実績の一つであり、何人たりとも侵してはならぬ聖域であった。

「その七分積金を食い荒らした萩原摂津守と『満華楼』の惣兵衛、この二人だけは何としても許せんのじゃ。わかるか？　孫兵衛」

「ははっ」

畏懼するように孫兵衛が頭を下げた。

「三日の猶予を与えよう。それまでに始末できぬなら、あやつらはもう用済みじゃ。よいな孫兵衛、三日だぞ」

いい捨てて、楽翁は苛立つように足を踏み鳴らして立ち去った。

孫兵衛は、やれやれという顔で見送って、

（治らぬのう。殿の、あのご気性は……）

腹の底でつぶやいた。

4

「おれの腹は、もう決まってます」

幻十郎が、いつになく厳しい眼差しで孫兵衛の顔を射すくめ、決然といいはなった。

「そうか。ようやく、その気になってくれたか……」

孫兵衛の皺面《しわづら》がほころんだ。

「承知のように、殿は気の短いお人でのう。わしもほとほと困っておるのじゃ。だが、それを聞いて一安心。よろしく頼んだぞ」

と立ち上がるのを、

「孫兵衛どの」

幻十郎が呼びとめた。

「この仕事、楽翁さんのためにやるんじゃねえ」

伝法な口調でいった。孫兵衛を怒らすつもりで、わざとぞんざいな言葉づかいをしたのではない。幻十郎自身が、怒っているのである。

「ど、どういう意味じゃ？　それは」

「ゆうべ伊佐次が萩原摂津守の屋敷で殺された」

「なんじゃと！」

孫兵衛が目をむいた。

「これを……」

幻十郎が、血のにじんだ紙片をさし出した。「七分積金町入用留帳」の巻末の一頁である。

「やつらが不正流用した金は一万両あまり。この帳簿に明らかに改竄した形跡がある」

孫兵衛は、息を飲んだまま、紙片に目を落としている。

「伊佐次は、これと引き換えに命を落とした。その伊佐次の仇を討つ。楽翁さんのためにやるんじゃやねえ」

「幻十郎――」

「楽翁さまに、そうお伝え願いたい」

「話はようわかった」

孫兵衛は、紙片をふところにねじ込むと、

「だが、その話はわしの胸におさめておこう。あとは、おぬしの好きなようにやればよい」

といって、にやりと笑みを泛かべた。何やら意をふくんだ狼猾な笑みである。ひょっとしたら、この老人のほうが楽翁より役者が一枚上かもしれぬ、と幻十郎は思った。

「それにしても寒いのう。この家は」

寒い、寒いとつぶやきながら、孫兵衛は肩をすぼめて出ていった。

囲炉裏の火に目をすえて、幻十郎は黙然と考えこんだ。

――さて、萩原摂津守と惣兵衛をどう仕留めるか？

惣兵衛を始末するのは、そう難しいことではない。『満華楼』に乗り込んで、叩き斬ればすむことである。問題は萩原だった。伊佐次があれほど無残に斬り殺されたところを見ると、萩原摂津守の屋敷内には、かなり厳重な警備態勢がしかれているにちがいない。その警備を、たった一人でいかに突破するか？　それが難問だ。

そのとき、ふと幻十郎の耳に、敷石を踏む足音が聞こえてきた。ほどなく「ごめんくださいまし」と玄関で女の声がした。志乃の声である。

「入りなさい」

幻十郎が声をかけると、廊下の引き戸があいて、志乃がためらうように入ってきた。

「先日は……」

志乃がいいかけるのを、

「礼にはおよばぬ」

幻十郎がさえぎって、囲炉裏端の座蒲団をすすめた。

志乃は、腰をおろすなり、

「大事なことを思い出しました」

と「佐賀町の寮」の話を切りだした。

「なるほど、寮か……」

幻十郎の目がきらりと光った。これまでの鬼八の聞き込みや、伊佐次の探索でも満華楼の寮の存在は浮上しなかった。仮にその「寮」が、一味が買い込んだ大量の阿片の隠し場所になっているとすれば、ことは一挙に解決する。

「耳よりなネタだ。礼をいうぜ。志乃さん」

「いえ……」

志乃が恥じらうように視線をおよがせた。

「おれのほうからも伝えたいことが一つある。悪い知らせだ」

「え？」と志乃が眉を寄せる。

「伊佐次が殺された」

「まさか……！」

「萩原の屋敷にしのび込んで、阿片密売の手証を盗み出そうとしたんだが、見つかってめった斬りにされた」

「………」

志乃は、黙ってうつむいている。肩が小さく顫《ふる》えている。

「だが、伊佐次はきっちり仕事をしてくれた。おかげで何もかもが見えてきた」

志乃は、うつむいたまま聞いている。

「阿片密売一味の黒幕は、『満華楼』の惣兵衛と勘定奉行の萩原摂津守、それに蔵前片町の名主・益田屋文右衛門の三人だ。そのうち、益田屋はすでに始末した。『満華楼』の女将・喜和もろともにだ」

「お喜和さんも……」

志乃がハッと顔をあげた。

「あの女は、あんたを萩原の人身御供にしようとした性悪だ。ついでに地獄に送ってやったさ」

一瞬、志乃の肌が粟立ち、背筋に冷たいものが走った。戦慄にちかい感覚である。

幻十郎が、妹・織絵の復讐をたくらんでいることは知っている。だが、『満華楼』の女将・喜和は、直接その事件には関与していない。阿片密売組織の中で喜和が果した役割もたかが知れている。その喜和をこともなげに殺してしまったという幻十郎に、志乃はいいしれぬ恐怖を感じた。

「残るのは萩原と惣兵衛、この二人を始末すれば、おれの仕事はおわりだ」

幻十郎は、冷然とそういって、囲炉裏に榾《ほた》をくべた。まったくの無表情である。

「仕事?」

志乃が、奇異な目で、訊きかえした。

「人を殺すのが、仕事なんですか?」

「………」

「わたしが聞いたのは……妹さまの仇討ちをなさると……いつから、それが仕事になったんですか?」

幻十郎は、答えなかった。逡巡するように囲炉裏の灰をかき回している。

——そろそろ打ち明けねばなるまい。

胸の中でつぶやきながら、どう話をきり出すべきか、思惟《しい》していた。

5

瞬刻の沈黙のあと——。

幻十郎が、おもむろに顔をあげた。

「織絵は、妹ではない。おれの妻だった」

「えっ」志乃の顔に驚愕が奔った。烈しく目が泳いでいる。

幻十郎は、囲炉裏の灰をかき回しながら、返ってくる言葉を待った。だが、志乃の口からは一言も返ってこない。

「つまり、おれは……」

幻十郎が、いいかけたとき、ようやく志乃が、

「嘘です」

と、しぼり出すような声でいった。

志乃は、幻十郎の言葉を露ほども信じていない。当然だろう。織絵の良人《おっと》・神山源十郎は、半年以上も前に小伝馬町の牢屋敷で刑死したのである。

「志乃さん、おれの話を聞いてくれ」

「………」

「小伝馬町の牢屋敷で刑死したのは、替え玉だ。おれは、ある人に助けられた。半年間、その人の屋敷に身をひそめ、額に疵をつけて顔を変えた――」

志乃は烈しく狼狽した。心にざわざわと波が立った。

良人・吉見伝四郎を斬った男が目の前にいる。その男の妻・織絵は、吉見に犯されて自害した。自分は加害者の妻であり、同時に被害者でもあった。同じことがこの男にもいえた。躰の底からわき起こる、この複雑な感情を、どう処理していいのか、志

乃にはわからなかった。

「では、なぜあのような嘘を……？」

志乃が、気をとりなおすように訊いた。なぜ織絵の兄だ、などと嘘をついたのか、それを訊いたのである。

「あんたに警戒されたくなかったからだ」

「わたしを抱いていたのも……織絵さまの復讐のためだったのですね」

「それは……」

違う、と言いかけて、源十郎はその言葉を飲みこんだ。言っても無駄だと思ったからである。

「ふふふ……」

ふいに志乃が、引きつるような作り笑いを泛かべた。

「旦那の本心がやっと見えましたよ。奥さんの復讐をするために、わたしを吉原から身請けして、一生なぶりものにするつもりだった。はなからそれが狙いだったんじゃないですか？」

「どう思おうと、あんたの勝手だ」

源十郎は、反論しなかった。

「だが、一つだけ言っておこう。あの晩、あんたを抱いたのは神山源十郎ではない。

死神幻十郎だ」

「そんな話、聞きたくもありません」

吐き捨てるようにいって、志乃が立ち上がった。

「志乃さん」

幻十郎が、すさかず志乃の手をとって、引き寄せた。

「放して」

ふり切ろうとする志乃を、幻十郎は荒々しく抱きすくめて床に押し倒した。志乃はあらがわなかった。能面のように冷ややかな顔で宙を見すえている。

「――わたしは、織絵さまを犯した男の女房です」

「…………」

「煮るなと焼くなと、好きなようにしてください」

「…………」

「わたしが憎いんでしょ」

「…………」

「わたしを怨んでるんでしょ？」

「その逆だ」

そういうと、幻十郎は、何か言いかけた志乃の口を唇でふさいだ。志乃は固く口を閉じて幻十郎の舌をこばんだ。唇を吸いながら、片手で帯を解く。着物がはだけ、胸元からゆたかな乳房がこぼれ出た。掌で乳房を愛撫しながら、志乃のやわらかい耳朶《じだ》を口にふくんだ。

あっ。志乃が小さな声を発した。

幻十郎の舌が耳朶からうなじへ、うなじから首筋へ、首筋から乳房へとゆっくり這ってゆく。

あああ……。狂おしげに志乃が身をよじる。幻十郎の手が着物の裾を押しひろげ、志乃の股間にすべり込む。

ぴくん。

志乃の躰が敏感に反応した。

幻十郎の指が秘所に入っていた。肉ひだがしっとりと濡れていた。

志乃の躰が弓なりにそり返る。無意識に、両手が幻十郎の首にからみついていた。

「幻十郎さま……」

うつろな目を宙にすえ、志乃がうわごとのように口走る。

幻十郎は、下帯を解いて、おのれの物をつかみ出した。固く屹立《きつりつ》している。そっと志乃の股間に押しつける。志乃が下肢をひらくと、抵抗もなくそれは入った。充分に潤った肉ひだが、幻十郎のものをやさしくつつみ込む。幻十郎がゆっくり腰をふる。

志乃が喘ぐ。喘ぎながら、両脚を幻十郎の腰にまきつける。めくるめくような快感が躰の深部からわき起こってくる。

「ああ、幻十郎さま……」

志乃が虚空に半眼をすえたまま、幻十郎の名を口走った。その目に涙があふれている。頬をつたって、ぼろぼろとこぼれ落ちる。

囲炉裏の榾明《ほだあ》かりが赤々と燃え立った。ゆらめく炎の向こうに、媾合《こうごう》した幻十郎と志乃の裸身が、妖しげにゆらいでいる。


小半刻後——。

二人は、囲炉裏端で酒を酌みかわしていた。着物を肩にかけただけで、二人とも全裸である。酒をつぐたびに、志乃の乳房がたわわにゆれた。

「おれは一度死んだ男だ。他家には二度と仕官できない」

酒をあおりながら、幻十郎がいった。

「では、一生楽翁さまの下で……?」

「牢屋奉行の石出帯刀に引導をわたされた。お前は一生闇に生きていかねばならぬと」

「人を殺すのが仕事だとおっしゃいましたが……」

「………」

「本当ですか?」

「本当だ」

「楽翁さまの命令があれば、誰でも?」

「それはわからん。最後はおれが決める」

「いやな仕事ですねえ」

志乃が眉をひそめて、幻十郎の肩にしなだれかかった。やわらかい乳房の感触が幻十郎の肌につたわってくる。

「いつですか?」

「人は誰でも一度は死ぬ。おれは一度死んだ。だからもう恐れるものはない」

「……?」

「今度の仕事」

「三日のうちにやれといわれている。難しい仕事だが、やらなければなるまい」

「無事に……果してきてください」

切なげにそういうと、志乃は、幻十郎の股間に手をのばして、そっと一物をにぎり、いとおしげに指で愛撫した。

「死なないで……無事に帰ってきてください」

「志乃……」

幻十郎の手が志乃の着物を払った。はらりと着物がすべり落ち、白い裸体が榾火の明かりにさらされた。

二人は、折り重なるように躰を床に横たえ、ふたたび睦《むつ》みあった。

第九章　冥府の刺客

1

萩原摂津守の手もとに、「七分積金町入用留帳」の帳簿があった。この帳簿の巻末の頁には、一万両の不正流用金の帳尻合わせをするために、蔵前片町の名主・益田屋文右衛門が数字を改竄《かいざん》した明らかな痕跡があった。それを黙許し、判を押したのは、萩原自身である。もちろん、この帳簿が勘定奉行・萩原の管理下にある以上は、露顕する虞《おそ》れはない――が、いま萩原の手もとにあるその帳簿の巻末の頁は、剝ぎとられていた。

「賊の衣服は調べてみたのか?」

萩原が、苦々しげに訊いた。

「隈なく――」

答えたのは、鷹森兵部である。

あの騒ぎのあと、二日かけて中庭を探してみたが、盗まれた帳簿の頁は見つからなかった。伊佐次が自害する直前に屋敷のどこかに隠したのかもしれない。

「で、田沼さまは何と？」

萩原が不安げな顔で訊いた。

「仮にあれが不正の証拠として公儀の手にわたったとしても、ご老中水野さまのお力添えをいただき、評定所の詮議にかけられる前に握りつぶせばよいと……そう申されておりました」

「そうか」

萩原は、ホッと安堵の吐息をついた。

「いずれにせよ。あの賊が松平楽翁どのの密偵であることは疑う余地もございませぬ。これを汐に、摂津守さまには一件から手を引かれるよう、田沼さまからの重ねてのご要請にございます」

「わかっておる」

不機嫌にいって、萩原は脇息にもたれた。

「では――」

兵部が慇懃に低頭して、退出した。

「散々甘い汁を吸っておきながら……」

低く、いまいましげに萩原がつぶやいた。

『満華楼』の惣兵衛から若年寄・田沼意正にも、金が流れていることは知っている。それも萩原にわたった金の比ではない。すでに二、三千両の金が田沼のふところにころがり込んでいるはずだ。しかも、田沼はおのれの手をまったく汚していない。濡れ手で粟をつかみながら、萩原には手を引けという。あまりにも虫のよい話だ。

――わしが、いい夢を見たのは、ほんの一刻だ。

いま思えば、『満華楼』の惣兵衛から受けとった金は多寡がしれている。二百数十両の金と、お栄（華栄）という唐の女をあてがわれただけだった。そのお栄も、口封じのために惣兵衛に消されてしまった。それ以来、金も女もぷっつりと途絶えている。柳橋の船宿『梅川』の一件も、結局女に遁《に》げられておあずけのままだ。

ここで手を引いたら、これまで危ない橋をわたってきた自分だけが馬鹿をみる。

――行きがけの駄賃に、いくらかでも金をせしめなければ……。

萩原の顔にふと笑みが泛かんだ。欲のたぎった卑しげな笑みである。

――ついでに女もだ
季節は師走に入っていた。

街には、煤《すす》はらいの笹竹売りの声がひびき、掛けとりのお店者があわただしく行きかい、軒をつらねる商店は、年末年始の買い物客で、どの店もごった返している。

その日の午後――。

『満華楼』の惣兵衛のもとに、萩原摂津守の使いの者が一通の手紙を届けにきた。

手紙を披《ひら》いてみると、

――松平楽翁の探索の手が身近に迫っている。これを最後に惣兵衛との関係を清算したい。ついては、証拠湮滅の手数料二百両と、女をひとり供与してもらいたい――

というのが手紙の趣旨だった。

（欲の深いお人だ）

惣兵衛は、思わず苦笑を泛かべた。

（だが……）

と思いなおす。考えようによっては、これで萩原と縁がきれるなら、おやすい御用だろう。

この一年の間に、浅草町会所の七分積金から一万両あまりの金を引き出した。その一万両で、江戸中の阿片常用者の需要を満たすだけの、充分な量の阿片も買いこんだ。

田沼意正《おきまさ》は、それを見きわめたうえで、公儀目付配下の黒鍬之者《くろくわのもの》に命じて、阿片抜け荷買いの元締め・巳之助を闇に葬ったのである。

しかも、うまいぐあいに、阿片密売組織の内情を知悉する女将の喜和と、町名主の益田屋文右衛門が、先日、忽然と姿を消してしまった。仮にそれが、松平楽翁の手の者の仕業だとしても、惣兵衛にとっては何の痛痒もないし、何の不利益にもならない。いや、不利益どころか、逆に願ってもない展開になったのである。

さらに、ここで萩原摂津守と手が切れれば、これまでに買い込んだ大量の阿片の売り上げは、すべて惣兵衛のふところにころがり込んでくる。総額はざっと見積もって七、八万両。その一割を田沼意正に献金したとしても、六、七万両の金が独り占めできるのである。これほどうまい話はあるまい。

——二百両と女なら安いものだ。

惣兵衛は、腹の中で十露盤《そろばん》をはじきながら、にんまりとほくそ笑み、

「おーい、お常！」

奥に大声をかけた。

廊下にバタバタと足音がひびき、帳場の襖があいて、中年の仲居が顔を出した。

「何がご用で？」

「お島を呼んできておくれ」

「はい」

仲居が立ち去ると、惣兵衛は、金箱から切餅八個（二百両）をとり出し、手早く袱紗につつんだ。その金は、惣兵衛自身が届けるつもりだった。

先日、お志乃に金を持たせたら、そのまま遁げられてしまった。大方欲に目がくらんで、番頭の嘉平と浪人たちを情夫《おとこ》に殺させ、金を奪って逃げたにちがいない。惣兵衛は、いまでもそう思っている。

「旦那、何か？」

お島が入ってきた。

「すまないが、今夜、萩原さまの相手をしてもらえないかい」

「萩原さま？」

お島がけげんな目で訊きかえした。

「大事なお客なんだ。金はたっぷり払う」

惣兵衛が、畳に五両の金子を積むと、とたんにお島の顔がほころんだ。

金を受けとって、お島が座敷にもどると、蒲団に腹ばいになって煙管《きせる》をくゆらせていた男が、うろんな目で見上げた。

『四つ目屋』の鬼八《きはち》である。

「何か急用でもできたのか？」

「ううん、ちょっと……」

「人が楽しんでいる最中に邪魔しやがって」

鬼八が、不機嫌そうに煙管の火を煙草盆の灰吹きにポンと落とした。

「まま、そんなに怖い顔をしないで」

屈託のない笑顔で、お島が蒲団にもぐり込む。

「いい仕事が入ったのよ」

「なんだい？　いい仕事って」

「今夜、うちの寮でお侍さんの相手をするの。ふふふ、五両ももらっちゃった」

「侍の相手？」

鬼八の目がきらりと光った。

2

日がとっぷり暮れて、街のあちこちに灯がともりはじめた。

『満華楼』を出ると、お島は門前仲町の鳥居をくぐり、永代橋のほうに向かった。永代橋の東詰めを右に折れると、すぐ佐賀町である。

『満華楼』の寮は、大川端の疎林の中にあった。網代垣《あじろがき》をめぐらせた、切妻屋根の豪壮な建物が、川に張り出すように立っている。

お島は、小粋な檜皮葺門《ひわだぶきもん》をくぐり、踏み石をつたって玄関に向かった。

「女――」

突然、闇の中から低い声がひびき、お島の前にぬっと三人の侍が立ちふさがった。

一人は鷹森兵部である。ほかの二人は、萩原家の家士らしい屈強の侍だった。

「あ、あの、満華楼からまいりました」

お島がそういうと、兵部が着物の袂《たもと》や帯に手をあてて所持品を調べた。

「よし……萩原さまは、二階におられる」

「どうも」

軽く会釈して、お島は玄関に入っていった。中に入ると、正面に階段があった。階段をのぼると、すぐ遣戸《やりど》になっている。

戸を引き開けて、部屋に入った瞬間、お島は思わず息を飲んで立ちすくんだ。

二十畳はあろうかと思われる大広間である。床には緋毛氈《ひもうせん》がしきつめてあり、部屋の四隅の柱に、赤、青、緑、黄色の薄絹を張った網雪洞《あみぼんぼり》がかかっている。一隅に虎の敷皮がしいてあり、そこに紫檀《したん》の円卓と紫檀の椅子が二脚あった。その一脚に腰をおろして、肥満体の武士がギヤマンの瓶の、血のように真っ赤な酒をついで飲んでいた。ポルトガルの葡萄酒《ぶどうざけ》である。

「おう、来たな……」

武士がふり向いた。萩原摂津守である。

「入れ」

「は、はい」

後ろ手で遣戸を閉め、お島はおそるおそる円卓のほうに歩をすすめた。

萩原が、ぎらつく目でお島の躰をねめまわし、

「着物を脱げ」

いきなり、そういった。

「…………」

この部屋の異様な雰囲気と、葡萄酒で赤く濁った萩原の目に射すくめられて、お島は怯じけるように立ちすくんでいた。

「裸になれと申しておるのだ」

萩原が苛立たしげにいった。

「は、はい」

お島は、呪縛にかかったように帯を解いて、着物を脱ぎ、緋縮緬の長襦袢をはらりと落とした。躰のわりに胸が大きい。その大きな胸を、お島は恥じらうように両手で隠した。

「腰の物をとれ」

「は、はい……」

いわれるままに、お島は腰の物をはずした。一糸まとわぬ全裸である。黒々と茂る秘部に目をやりながら、萩原は好色な笑みを泛かべた。

「ふふふ、いくつだ？」

「え」

「年を訊いてるのだ」

「二十四です」

「おんな盛りだな」

そういうと、萩原は、もどかしげにおのれの着物を脱ぎはじめた。胸もとには熊のように剛毛が密生し、腹がでっぷりと突き出、肌には無数のしみがある。目をそむけたくなるほど、醜怪な裸身である。

不意にお島が息をのんだ。萩原が下帯をはずしたのである。股間に、異様に大きな物がぶら下がっている。

「さて、はじめるか」

萩原が、部屋の奥から革ひもの束を持ってきた。

「な、何をするんですか？」

「これで縛る」

「そんな……」

お島が怯えるように後ずさりした。

「案ずるな。ほんの遊びだ。手を出せ」

ためらうように、お島が両手をさし出すと、萩原はすばやく両手首を革ひもで縛り、

「痛いか?」と猫なで声で訊く。

「いえ……」

「よし、しばらくの辛抱だ」

革ひもの先端を宙に投げた。革ひもは天井の梁《はり》にかかり、だらりと垂れ下がった。垂れ下がった革ひもの先端を、萩原がぐいぐいと引いてゆく。革ひもがピンと張りつめ、しだいにお島の手が吊りあがってゆく。

「あ、ああ……」

お島が低く呻いた。革ひもが手首に食いこみ、腕がのびて、躰がそりかえる。爪先立ちの姿になった。

萩原は、革ひもの先端を柱に括りつけると、吊るされたお島の正面に立ち、大きな乳房をわしづかみにして、乳首を吸った。

ああああ……。

お島が身をよじるたびに、振り子のように躰がゆれる。ねっとりと唾液をふくんだ萩原の舌が、乳房から腹へ、腹から秘所へと、なめくじのように這ってゆく。

お島が喜悦の声を発して狂悶する。

執拗に秘所をねぶっていた萩原が、やおらお島の両脚を小脇にかかえ、そそり立った一物をずぶりと挿しこんだ。

「あーッ」

お島が悲鳴のような声を発した。

囲炉裏の榾火《ほたび》が、ちょうど燃えつきたころ、「旦那、支度がととのいやした」と鬼八が入ってきた。

幻十郎は、差料をひろって腰に落とし、『風月庵』を出た。

朔《さく》の月（新月）が姿をひそめ、漆黒の夜空は星雲に埋めつくされている。

さんさんと降りそそぐ星明かりの下に、蒼白く光る道が東をさしてつづいている。

その道を、幻十郎と鬼八が足早に歩を運んでいた。

道は、ほどなく入堀（運河）につき当たった。このあたりは荷船用の入堀が縦横にはしっている。堀の対岸に見える長大な築地塀は、松平越中守の中屋敷。右手の白壁は、酒井雅楽頭《うたのかみ》の蔵屋敷である。

入堀の船着場に一艘の川舟がもやっていた。鬼八が用意した舟である。

舟に乗りこむと、鬼八が手ばやくもやい綱をはずし、巧みに櫓を操って、舟を出した。

舟は、入堀を出ると艘先を右にむけ、日本橋川に出た。この川をさかのぼると、途中に「鎧《よろい》の渡し」があり、日本橋を経由して一石橋にでる。

鬼八は、舵棒を押して、下流に進路をとった。湊《みなと》橋をくぐり、豊海《とよみ》橋をすぎると、まもなく大川に出る。闇の奥に、深川の街の灯が散らしたようにキラキラときらめいている。

行く手に、巨大な橋影が迫った。大川をひとまたぎにする巨大な橋――永代橋である。永代橋の橋下をくぐり、やや遡行すると、対岸(大川の東河畔)にまばらな明かりが見えた。佐賀町の町明かりである。

舟の舳先に腰をおろして、幻十郎はその明かりにじっと目をすえていた。

〝獲物〟は、あの明かりの中にいる。

寸刻後に、幻十郎の刀の血しずくとなって、この世から消えてゆくのも知らずに、いまごろ〝獲物〟たちは悪徳の饗宴に酔いしれているにちがいない。

――今夜でおわる。何もかもが終わる。

そう思うと、幻十郎の胸に無量の感慨がこみあげてきた。

阿片密売組織との私闘、妻・織絵の仇討ち、惨殺された伊佐次の復讐。幻十郎に課せられた三つの使命、三つの目的が、あと寸刻ののちに遂げられるのである。

——このひと月あまりに、おれは何人の人間を殺してきただろう。

幻十郎が、はじめて人を斬ったのは、吉見伝四郎だった。あのときは無我夢中だった。ほとんど錯乱状態だったので、人を殺したという実感はなかった。殺そうという、明確な意思もなかった。気がついたら、吉見を斬り殺していた。

だが、そのあとは違う。

幻十郎は、確かな意思をもって人を殺した。阿片密売人の為吉、公儀目付配下の黒鍬之者、吟味与力・大庭弥之助、蔵前片町の名主・益田屋文右衛門、『満華楼』の番頭・嘉平、鬼瓦のような浪人者とその仲間の四匹の餓狼。わずかひと月あまりに、十一人の人間を殺した。

人の命は、行燈《あんどん》の灯芯のようにかぼそく、もろい。そのもろい命を奪うのは簡単だ。良心、温情、仁徳、憐憫。心の中にある、あらゆる「善」をかなぐり棄てればいい。

——おれは、そのすべてを棄てた。

一度刑場の露と消え、現世《げんせ》無縁の身となった幻十郎に、人間の心はない。地獄の羅《ら》刹《せつ》、冥府の刺客——それが、いまの幻十郎の姿であった。

3

「旦那、そろそろ……」

鬼八が、櫓をこぐ手をとめた。

眼前に、高い石垣が迫る。その石垣の上に切妻屋根の豪壮な二階家が立っていた。『満華楼』の寮である。

二階の窓に明かりが揺らいでいる。〝獲物〟はあの部屋にいるようだ。

鬼八が、舟の舳先に立って、鉤縄を投げた。川に張り出した一階の出窓の欄干に、カチッと鉤が引っかかった。

幻十郎は、縄をつたって出窓の欄干に這いあがった。鬼八が、そのあとにつづく。


寮の二階の大広間では――。

萩原摂津守と惣兵衛が、葡萄酒を酌みかわしていた。

「いかがでございましたか？　お島という女」

惣兵衛が、卑屈な笑みをきざんで訊いた。

「うむ。なかなかに具合のよい女だった」

萩原が満足げにうなずき、

「して、例のものは？」

「お持ちいたしました」

惣兵衛が袱紗《ふくさ》につつんだ金を円卓の上においた。

「これでいっさい、そちとは縁が切れるということか……」

「いたしかたございません。名主の益田屋さんが行方知れずになったり、萩原さまのお屋敷に賊がしのび込んだり、何かと身辺が物騒になりましたので」

「益田屋が行方知れず？」

萩原が眉字をよせて、惣兵衛の顔をのぞき込んだ。

「はい。五日ばかり前に、手前どものお喜和ともども、忽然と――」

「ま、まさか、それも松平楽翁の手の者の仕業だと申すのではあるまいな」

萩原の顔から、葡萄酒の酔いが消えた。頰の肉がぴくぴくと引きつっている。

「田沼さまは、そのようにご推察なさっております」

「うーむ」

萩原が腕組みをして考えこんだ。

「七分積金《しちぶつみきん》の法」を制定し、その管理運用のための浅草町会所を設置したのが、当時の老中首座・松平定信――すなわち楽翁であることは、幕府の要路にいる者なら知らぬ者はいない。当然のことながら、萩原も知っていた。もし仮に、楽翁が七分積金の不正流用を知ったとしたら、その怒りの矛先は、まず名主の益田屋文右衛門に向けられるだろう。そして、次は、町会所を監督する勘定奉行の萩原である。

　そう思うと、萩原の背筋にぞくっと冷たいものが奔った。

「惣兵衛、わしは帰るぞ」

　二百両の袱紗包みを無造作に懐中に押しこんだ。

「まだよろしいではございませんか。今宵が最後の夜でございます。どうぞ、ごゆるりと……」

「そうもしてはおられぬ。わしは楽翁に命を狙われている身だぞ。油断は禁物だ」

　立ち上がって、刀掛けの差料をとり、

「馳走になったな」

　と背を返したとたん、遣戸ががらりと開いて、戸口に黒影が立った。

「な、何者ッ」

「——死神幻十郎」

「お、おのれ、兵部《ひょうぶ》、兵部はおらぬか！　曲者だ。出合え！」

　萩原が喚き散らしながら抜刀した。

　幻十郎も抜いた。

猛然と斬り込んでくる萩原の切っ先を、横っとびにかわして、幻十郎は、すばやく背後に回りこんだ。

たたらを踏んで突んのめる萩原の背に、一刀を浴びせかけようとしたそのとき、惣兵衛が長押《なげし》の槍をとって、横合いから鋭く突いてきた。

振りむきざま、幻十郎の刀が一閃の光を発した。槍の柄が斜め二つに両断され、穂先が空をきって柱に突き刺さった。寸秒もおかず、幻十郎は刀を返して惣兵衛の胴を薙《な》いだ。腹を割られ、臓腑を裂かれた惣兵衛は、直角に躰を折って仰向けにころがった。萩原が、壁ぎわで足を踏みとどめ、くるりと背をかえして刀を振りかぶった。それより迅《はや》く、幻十郎の刀が、逆袈裟がけに下から斜め上に奔った。

切っ先が萩原の頸動脈を断ち切っていた。裂けた首すじから、すさまじい勢いで血が噴き出している。数瞬、静止した萩原の巨体が、ぐらりと揺れて床に倒れた。倒れたはずみに懐中から袱紗包みがころがり出、切餅の封印が切れて、小判がチャリンチャリンと音を立てて床一面に散らばった。

幻十郎は、血刀を引っさげたまま、冷然と萩原の死骸を見下ろし、

「豚め……」

一言、吐き捨てた。

「旦那、誰か来やすぜ！」

遣戸の外で見張りをしていた鬼八が、血相を変えてとび込んできた。

「鬼八、おめえは舟にもどれ」

「け、けど……」

「はやく！」

「へい」

と身をひるがえし、窓を開けて欄干に鉤縄をかけ、するすると縄をつたって下におりていった。

幻十郎は床を蹴って、遣戸のそばの壁に躰を張りつけた。

階段を駆けのぼってくる足音が聞こえた。と同時に、二つの影がとび込んできた。

一人を袈裟がけに斬り倒し、返す刀でもう一人の胸を突いた。二人は、萩原の家士である。だが、敵はこの二人だけではなかった。

折り重なった二つの死骸を踏み越えて、三つ目の影が矢のようにとび込んできた。

鷹森兵部である。

数歩、跳び下がって、幻十郎が刀をかまえた。正面に、兵部が仁王立ちした。黒革の袖無し長羽織、黒革の手甲、黒の裁着袴《たっつけばかま》、黒ずくめの異装である。

「貴様が、松平楽翁の刺客か――」

低い声で誰何《すいか》し、兵部は刀をだらりと下げた。一見隙だらけに見えるが、これは「誘い込み」のかまえではない。

有構無構《うこうむこう》——すなわち、柳生流でいう「無構《むがま》えの構え」である。いかなる敵の斬撃にも瞬時に対応できる。もっとも合理的かつ機能的な構えが、この「無構え」だといわれている。野球の打者にたとえれば、どこからでもバットが出、どんな球でも打ち返せる構え、いわゆる広角打法である。

対する幻十郎の刀法は、まったくの我流である。柳生流はもとより、他流派の剣もほとんど知らない。知らないことが一つの強みにもなっていたのだが、しかし、この場合は通用しなかった。

一瞬の隙を看《み》てとった幻十郎が、電光の迅さで一直線に刀を突きだした。得意の刺突の剣である。ほぼ同時に、兵部の刀が、これも目にもとまらぬ迅さで一閃した。

キーン。錚然と鋼《はがね》がどよめいた。

銀色の閃光が二筋、空を奔った。真っ二つに両断された刀身である。

兵部の顔に、ふっと笑みが泛かんだ。勝ち誇った笑みである。

刀を折られたのは、幻十郎だった。

無腰になった幻十郎は、じりじりと後ずさった。勝負の趨勢は、すでに決していた。あとは斬られるのを待つだけである。相手が斬りこんできた瞬間に、すべてが終わる。

兵部が刀を振りおろした。

刹那、幻十郎は後ろに跳んでいた。

兵部が斬り損なったのではない。わざと外したのである。幻十郎の着物の肩口が裂けて、血がにじんでいる。いまの一刀はなぶり斬りであった。次にくる斬撃がとどめになるはずだ。

兵部が一歩踏みこみ、上段に刀を振りかぶった。今度はすさまじい殺気がこもっていた。唸りをあげて刀が振り下ろされた。

次の瞬間――。

「うっ」

と呻いて倒れこんだのは、兵部だった。

胸に槍の穂先が深々と突き刺さっている。

幻十郎が数歩跳びさがったとき、腰のあたりに棒のような感触があった。背後に手をまわして、にぎって見ると、つい寸刻前、柄を両断されて、柱に突き刺さった惣兵衛の槍だった。兵部が斬りこんできたとき、幻十郎はその槍を引きぬいて、間髪をいれず、兵部の胸に投げたのである。

4

二匹の〝獲物〟は仕留めたが、これで仕事が終わったわけではない。一味が阿片抜け荷買いの元締め・巳之助から買い込んだ大量の阿片の隠し場所を探さなければならない。

幻十郎は、窓を開けて、下を見た。

舟の舳先に立って、鬼八が心配そうな顔で見あげている。

「獲物は仕留めた。あとは阿片の隠し場所を探すだけだ。おめえは一階を探してくれ」

「へい」

鬼八は、ふたたび鉤縄をよじのぼって一階の出窓から家の中に侵入した。

二階の大広間を一通り探してみたが、それらしい隠し場所は見つからなかった。

一階の部屋を探していた鬼八が、トントンと階段をあがってきた。

「どこを探しても見つかりやせん」

「隠すとすれば、やはりこの部屋だな」

「天井はどうですか？」

鬼八がいった。

見上げると、確かに天井の作りがおかしい。ふつうの天井より、かなり低くなっていて、まん中の天井板が周りのそれより、やや幅広になっていた。

幻十郎は、兵部の胸に突き刺さった槍を引きぬくと、やおら天井板をぐさりと貫いた。貫かれた穴からサラサラと茶褐色の粉末がこぼれ落ちた。掌で受けとって舐めて見みると、それはまぎれもなく阿片だった。

幻十郎は、四囲にするどい目をくばった。部屋のどこかに天井板を開ける機巧《からくり》があるはずだ。

右奥の蹴《け》込《こ》み床《とこ》の間《ま》に、目がとまった。山水の唐絵《からえ》の掛け軸が一幅かけられている。掛け軸を外して、壁を押してみる。びくともしない。左の側板を押した。側板がぐるりと回転して、ぽっかり穴が開いた。その穴の奥に滑車に吊るされた数本の太い麻縄があった。縄の先端には、巨大な鉄の分銅がぶら下がっている。分銅の重みを利用した大がかりな機巧だった。

「これだ……」

幻十郎は、床の間の右壁の下部のちんくぐりをのぞき込んだ。奥に丁字型の把手があった。その把手を引いたとたん、轟音とともに麻縄にぶら下がった分銅が下降しはじめた。数本の麻縄が急速に上下し、滑車がきしみ、がらがらと歯車が回転する。

同時に、天井の中央部分の天井板がはね橋のように下りてくる。見ると、その天井板の裏側は梯子《はしご》になっていた。

ちょうど天井の開口部に、梯子をかけたような形で機巧がぴたりと止まった。

梯子に足をかけて、天井裏をのぞいて見ると、そこは板張りの隠し部屋になっており、麻の小袋が山のように積まれてあった。大量の阿片である。

「あったぞ、鬼八」

幻十郎は梯子をおりた。

「どうしやす？」

幻十郎は思案げに部屋の中を見まわし、ふいに四隅の柱の網雪洞《あみぼんぼり》の網をはずしはじめた。合点がいったという顔で、鬼八も手伝う。

網をはずした四個の雪洞を床において、そのうえに紙屑をまき散らす。たちまち部屋の四隅に炎が噴きあがった。

「行くぜ」

幻十郎は、鬼八をうながして、階段を駆けおり、一階の部屋の出窓から、鉤縄をつたって舟に乗り移った。

暗い川面を一艘の川舟がゆっくりすべってゆく。

艫《とも》に腰をおろして、幻十郎は佐賀町のまばらな灯影《ほかげ》に目をやっていた。その灯影の中に、突然、火柱が噴きあがった。

『満華楼』の寮が燃えている。

夜空を焦がさんばかりに噴きあがった火柱は、やがて巨大な炎の幕となって、『満華楼』の寮をつつみこんだ。

花火を打ち上げたように、闇のむこうに無数の火の粉が舞い上がる。

燃えている。

阿片密売一味の拠点が燃えている。

悪の死骸が燃えている。

大量の阿片が燃えている。

冬の夜空を赤々と照らし出した猛炎は、『満華楼』の寮を一気に飲みこみ、しだいに闇の底に沈んでいった。

真っ赤に焼けただれた建物の残骸が、断末魔の悲鳴をあげるように、ひときわ凄まじい火の粉をまき散らして、ゆっくりと崩れ落ちてゆく。

幻十郎と鬼八を乗せた川舟は、遠くに半鐘の音を聞きながら、大川の暗い川面に姿を消していった。

5

五ツ（午後八時）の鐘が鳴っている。

『浴恩園』の書院で、楽翁と孫兵衛は将棋をさしていた。

パチリ。楽翁が盤上に駒を打ち、

「もう後がないのう。孫兵衛――」

ぼそっとつぶやいた。

「それがしの負けですな」

「幻十郎の負けじゃ」

「え」

孫兵衛は、盤面から目を離して、凝然と楽翁の顔を見た。

「いよいよ、日限があしたに迫った」

幻十郎に与えられた三日の猶予があしたに迫ったのである。

「聞くところによると田沼も摂津守も、いっさい他行をとりやめにしたそうじゃ」

「……………」

「しかも、柳生家から警護を頼んで、屋敷内の警護も固めたと聞く」

「…………」

「いかに幻十郎とて、手も足も出せまい……この勝負、幻十郎の負けじゃ」

「で、いかがなさるご存念で？」

「負け犬は、無用じゃ」

「しかし、殿——」

孫兵衛がいいかけたとき、庭に面した障子に忽然と黒影が浮いた。

「な、何者！」

楽翁が差料を引きよせた。

「夜分、失礼つかまつります」

障子のむこうで声がした。孫兵衛がホッとした顔で障子の影を見やった。

「幻十郎か。入れ」

すっと障子を引きあけて、幻十郎が入ってきた。煤《すす》と血にまみれた凄愴な姿である。

「幻十郎、この屋敷に二度と足を踏みいれてはならぬと申したはずだぞ」

「ま、よい」

楽翁が、孫兵衛を制して、

「で、何用じゃ？」

「勘定奉行・萩原摂津守ならびに『満華楼』あるじ惣兵衛、仕留めてまいりました」

「そうか――」

楽翁の顔に笑みがこぼれた。

「ついては、楽翁さまにお願いの儀がございます」

二人の前に着座した。

「言うてみよ」

「今宵かぎり、御当家影目付の職を辞したいと存じます」

「や、やめると申すのか！」

楽翁が、怒気をふくんだ甲高い声で訊きかえした。

「ならぬ！　それはならぬぞ、幻十郎」

「幻十郎、そちの命を拾ってくれたのは、楽翁さまじゃ。そのご恩を忘れたのか」

孫兵衛も、さすがに気色ばんだ。

「ご恩は、充分お返ししたつもり。もはや、それがしの役割は終わりました」

「いや、まだ終わってはおらぬ」

楽翁が、気をとりなおし、おだやかな口調でいった。

「萩原摂津守や惣兵衛は、ただの小物じゃ。その上には、まだ田沼意正《おきまさ》がおる。田沼の上に水野忠成《ただあきら》、さらに水野の上には一橋治済《はるさだ》がおる」

「…………」

「この三人がいるかぎり、衆庶民草を苦しめる秕政は正されぬ。世の中から悪は消えぬ」

「お言葉ではございますが、それがしは、この世とは無縁のもの……政事《まつりごと》とはいっさい関わりのない身ゆえ、御当家影目付の役は、固くご辞退申しあげる」

「な、何が不満だと申すのじゃ！」

業を煮やして、楽翁が怒声を発した。

「不満はございませぬ。現世無縁の亡者として勝手気ままに生きてゆく所存」

「勝手気ままだと？」

「本日かぎり陰扶持も返上いたします」

幻十郎は、一揖《いちゆう》して立ち上がった。

「待て」

「…………」

「わかった。そちの願い通り、影目付の役は解く」

幻十郎が、黙って聞く。

「そちの勝手気ままも許す。だが、わしの頼みだけは受けてもらいたい。これは主命ではない。わしからの頼みじゃ」

「…………」

「おぬしが頼みを受けてくれれば、そのつど、仕事料ははらう。どうじゃ？　それで手を打たぬか」

「即答はできかねます。しばらくご猶予を……」

「幻十郎」

「では、ごめん」

くるっと背を返して立ち去った。

「殿……」

孫兵衛が、楽翁をなだめるように、静かに声をかけた。

「あの男のことは、手前におまかせくだされ」

「剣呑《けんのん》な男よのう」

楽翁が、苦々しげにつぶやいた。

「あれを敵に回したら怖い。孫兵衛、あの男、手放すでないぞ」

「ははっ」

蠣殻町の入堀沿いの道を歩きながら、

――楽翁に勝った。

幻十郎は、そう思った。

〝仕事〟をやめるつもりはなかった。やめたところで、人別（戸籍）から抹殺された幻十郎には、生きる場所がない。生業につけるわけもない。囚獄・石出帯刀《たてわき》に引導をわたされたとおり、一生闇に生きていかなければならないのである。

影目付をやめる——あれは取り引きにすぎなかった。

楽翁との主従関係を断ち切り、その束縛から逃れるのが目的だったのである。

結果、楽翁は折れた。

——もう、おれは楽翁の操り人形ではない。二度と〝殺しの道具〟にはならぬ。

そう思うと、心なしか身が軽くなったような気がする。

6

『風月庵』の丸太門の前にさしかかったとき、幻十郎はふと足をとめた。

障子窓に、ほんのりと明かりがにじんでいる。

——妙だな。

幻十郎は、不審げに目をこらした。家を出るとき、囲炉裏の榾火《ほたび》も消したはずだし、行燈《あんどん》の灯も、確かに消してきた。

——誰かいる。

障子窓に人影がゆらいだ。

幻十郎は、油断なく身がまえた。玄関から小走りにとび出してくる影があった。

「旦那……？」

聞こえたのは、志乃の声だった。

「志乃か？」

闇の中に、志乃の白い顔が浮かんだ。切れ長な目がきらきらと光っている。

「無事だったんですね」

「おわった」

幻十郎が、ぼそりといった。

「よかった――」

志乃が、駆けよって幻十郎の胸にとび込んだ。その目が潤んでいる。長い睫毛に涙が溜まっている。いまにもこぼれ落ちそうだ。

幻十郎は、無言で志乃の肩を抱いた。

「これで……おわったんですね」

志乃が小さく肩を顫わせた。

「織絵さまの仇討ち――」

「………」

幻十郎は、黙ってうなずいた。

血まみれの幻十郎の胸に顔を押しあてて、志乃は堰《せき》をきったように嗚咽《おえつ》した。胸肌につたわる涙がひんやりと冷たい。

――これで、もう織絵との縁は切れた。

志乃の涙を肌で感じながら、幻十郎は、そう思った。

そのとき、漆黒の夜空に、赤黄色の光が奔った。光は、尾を引くように東の空に流れていった。

――奇瑞《きずい》か？

それとも何かの凶兆か……。

『文政六年十二月二日。卯辰より、彗星あらわる』

武江年表には、そう記されている。

本書は、二〇〇一年一月、徳間書店から刊行された『死神幻十郎　冥府の刺客』を改題し、加筆・修正し、文庫化したものです。

文芸社文庫

冥府の剣 死神幻十郎

二〇一六年十月十五日 初版第一刷発行
著　者 黒崎裕一郎
発行者 瓜谷綱延
発行所 株式会社 文芸社
〒一六〇-〇〇二二
東京都新宿区新宿一-一〇-一
電話 〇三-五三六九-三〇六〇（代表）
〇三-五三六九-二二九九（販売）
印刷所 図書印刷株式会社
装幀者 三村淳

ISBN978-4-286-18037-3

［文芸社文庫　既刊本］

蒼龍の星㊤　若き清盛
篠　綾子

三代と名づけられた平忠盛の子、後の清盛の出生の秘密と親子三代にわたる愛憎劇。やがて「北天の王」となる清盛の波瀾の十代を描く本格歴史浪漫。

蒼龍の星㊥　清盛の野望
篠　綾子

権謀術数渦巻く貴族社会で、平清盛は権力者への道を。鳥羽院をついで即位した後白河は崇徳上皇と対立。清盛は後白河側につき武士の第一人者に。

蒼龍の星㊦　覇王清盛
篠　綾子

平氏新王朝樹立を夢見た清盛だったが後白河との仲が決裂、東国では源頼朝が挙兵する。まったく新しい清盛像を描いた「蒼龍の星」三部作、完結。

全力で、1ミリ進もう。
中谷彰宏

「勇気がわいてくる70のコトバ」――過去から積み上げた「今」を生きるより、未来から逆算した「今」を生きよう。みるみる活力がでる中谷式発想術。

贅沢なキスをしよう。
中谷彰宏

「快感で生まれ変われる」具体例。節約型のエッチではなく、幸福な人と、エッチしよう。心を開くだけで、感じるような、ヒントが満載の必携書。